在愛裡的我們

When We Fall in Love

by Yumi

All about Love — 31

01

華燈初上，從辦公室的窗戶望出去，車潮跟人潮明顯地多了起來。打扮入時的高跟鞋粉領、提著公事包西裝筆挺的上班族、穿著制服的高中生，可能剛下班才採買完的主婦跟跑步的人們，在人行道上來來往往。

撐著頭望窗外發呆，這辦公室最大的優點就是大片落地窗外的風景，忙碌到頭腦昏沉的時候抬起頭往外看，行道樹的森森綠蔭，遠處秋紅谷水池波光瀲灩，也算是都市中療癒的景觀。

「千梓，還要忙？」同辦公室的張洛勝邊問我，順手鬆開領帶。

「嗯，事情還沒做完。」隨便看他一眼，就又望回窗外。

「不然先去吃個飯再回來做？一起去？」

「不了。」隨口拒絕他，強迫自己把眼光放回眼前各處送來的薪資報表，堆起來山一般高啊，偏偏只有我自己做。

「千梓……」張洛勝遲疑地開口，卻沒有下文。

過了一會兒，才聽他慢慢地說：「那妳不要弄得太晚。」

「嗯。」我盯著眼前的電腦螢幕，卻一個字也沒有看進去。

我們這個辦公室分隔成三個區域，雖說背後是同個集團，但這三個區域的員工各自負責三個子公司的業務，而我這區是承攬保全業務的，就只有三個員工，一個區經理，一個業務經理，另外一個就是我。

業務經理成天都在外面跑業務，很少進辦公室，區經理做經理的事情，所以餘下的總機、會計、人事、找資料寫公文之類的各項工作，都歸我。

剛開始覺得怎麼會這麼累，但又期許著自己在忙碌的工作中學點經驗，做了三年多，好像也慢慢習慣忙碌的生活，每到月底結算薪資的時候加個兩三天班，其實也還算可以接受，時間上也彈性，上下班都不用打卡，雖然感覺前景堪憂，倒也算是平穩。

這層樓的辦公室加起來大約有三十餘人，不過因為有很多負責業務的人員都在外面工作，大多數時間約莫只有十來個人，大家各自做各自的事情，也很少聽見彼此聊天。

有時候偷閒，靜靜地看著窗外川流不息的車輛。

有時候看著亮到刺眼的陽光，瞇起眼睛。

有時候只是在沒人的辦公室偷偷地憂鬱。

還記得剛開始就是在發呆的時候，張洛勝第一次對我說了話。

「羅千梓？妳好，我是張洛勝，因為今天你們經理剛好出差，所以交代我來帶妳熟悉一下辦公室的事務。」

這是他對我說的第一句話。

時間流逝，我們從朋友變成情侶又變回朋友，走到現在不上不下的關係，說真的到底發生什麼事情我也不太清楚。

只是有點愧疚。

這麼大的城市裡，這麼多人，這麼多溫暖的笑容，這麼多美麗的事情，而我卻只覺得孤獨，儘管已經孤獨生活了這麼多年，我依然害怕獨自一人一室的冷寂。

就算戀愛時牽著張洛勝的手，看著他的笑容，與他相擁，分開之後我仍然沒有想念。

「我真的很喜歡妳。」張洛勝常看著我的眼，極其溫柔地對我說。

而我總是不知道該如何回答他。

辦公室戀情最要不得的就是分開之後處理得不好會很尷尬，但我個性一向就覺得這也沒什麼大不了，自自然然地走回原本的道路上不是很好嗎？

但不知為何見面總是使彼此更加困擾，有時候還是希望有人抱著我告訴我：「妳辛苦了。」

拿著手上各處送過來的報表，專心地核對著，沒發現後面傳來的腳步聲。

直到被一雙手圈進熟悉的懷抱裡，他才幽幽地說：「我該拿妳怎麼辦？」

我嘆了口氣：「不該回來的。」

「我放不下妳。」

「我們已經不可能走回去了。」

說了實話，卻沒有人願意相信。

圈住我的手臂緊了緊：「吃飯嗎？」

「等我弄完這些吧。」指著桌上的資料：「可能還需要一些時間處理。」

「我等妳。」

「何必呢？」

他像是被刺到般微微一震：「妳又何苦總是這樣。」

「早該這樣。」我抬起嘴角，如果不狠下心，會更傷害他：「放手吧。」

張洛勝賭氣似地不說話，坐在一旁看手機。我也繼續核對眼前的資料，這些數據關係著很多人的薪水，所以我總是特別仔細。

時間靜悄悄地流過，雖然每個月送過來的資料必定有錯，但哪些人會弄錯早是意料中事，弄了幾年也習慣一份一份重新對過，想起當初來的時候滿臉黑線的看著對不起來的電腦跟紙本，努力得眼睛都要花了才抓到錯處。

山一般的資料，終於剩下最後四分之一，看看時間已逼近八點，還是明天再做剩下的那些吧。

站起身，電腦存檔完畢，也把整理好的紙本歸檔之後，發現張洛勝趴在桌上睡著，坐在身旁細看眼前的男人，他的臉頰有些削瘦，挺直鼻梁下的薄唇緊抿著，眉眼間掩不住的疲憊。
儘管同情，但那不是喜歡。
趴在桌前，靜靜地看著他的睡臉，聽著他均勻的呼吸聲。
從別人身上竊取溫暖，只是竊取，卻無法償還。
手指輕輕敲著桌面發出聲響，他的睫毛略微顫動著，倏地張開了眼。
他甩甩頭，略帶歉意地說：「怎麼不叫我？」
我沒回答，他淡淡地瞥了我一眼，隨即站起身帶著我往外走。
從公司離開之後，我們去公司附近一家小店吃飯，張洛勝輕輕地牽著我的手，我甩開他，什麼也沒說。
才五月，白日的炎熱在太陽下山後趨緩，八點多的現在，徐徐微風吹來，稍微還有些春天的感覺。
到達餐廳，熟悉的香味撲面而來，老闆還是一如往常地頷首。
點完餐才發現自己真的有些餓。
「我們能不能在一起？」張洛勝問我，表情微微一滯。
「什麼叫在一起？」我看著隔壁桌上咕嘟嘟冒泡的火鍋邊問他。

「當我的女朋友。」

「什麼叫女朋友？」

「妳不要鬧。」張洛勝好像急了：「我真的很喜歡妳。」

張洛勝還想說什麼，但老闆此時端著熱騰騰的飯菜上桌，他也不好在這時候繼續說下去。

我是知道的，這些問題的答案。

可我就是這麼一個人，不夠喜歡的事我是拿不出耐心對待的。

我倒覺得自己只是懶，懶得付出什麼，懶得去想對方喜歡什麼，懶得去應付對方的感情，就是懶。

大學時，可能因為長相迎合大眾口味，很多男生都會試圖約我出去，可是我不喜歡浪費彼此的時間所以總是冷漠以對。

接著，因為吸引了過多異性目光，導致同性對我敵意頗高，流言蜚語的沒少過，聽都聽得倒背如流，好像這世界上長得漂亮的都心機重又愛搶人男友，每天醒來後就想著如何陷害別人。這些在背後說我的好像都天真爛漫，聚在一起叫做交朋友，獨來獨往叫做可愛。

我這種長相的交朋友就叫拉黨結派，自己一個人就叫做心機算計女。

大概是從那時開始養成這種凡事懶惰的個性，懶得跟人解釋，懶得跟人來往，懶得跟人交朋友。

有人願意當朋友，笑一笑大家聊聊天。

不願意跟我當朋友，說聲珍重再見以後不要聯絡。這不是生活得很輕鬆嗎？

誰說長得漂亮就不能有諧星的心呢？只是這面我通常只在跟好朋友相處時出現，表裡不一並不是我願意的。

我不會拐彎抹角的交朋友，有些人表面上跟你好得死去活來，私下又把人罵得體無完膚，計較來計較去只是為了茶餘飯後可以跟其他人一起罵罵我，不累嗎？

但這些人過陣子見妳不理會這些惡毒的評論，就會去找下一個對象，如果那人會因為他們的惡毒而傷心難過，或是激烈反擊，才是適合欺負的人。

我這麼不濃不淡的態度，不是太認真讀書，也不是太認真交朋友，最後竟也交了幾個知心的豬朋狗友，他們常常說我沒良心，卻還是在需要彼此的時候適時出現。

雖說如此，畢業後工作不好找，一開始有了個行政助理的工作也就這麼胸無大志地安頓下來，想說磨練個幾年再看看。當初也是夢想過演藝圈模特兒之類的選項，但因為身高不夠後來也幾乎沒消息，就這麼好好的當起了助理。

也不知道是不是張洛勝八字太輕，竟然遇見我就一頭栽進不幸裡，不過有得必有失。剛開始他只是隔壁辦公室的業務，現在已經是分區經理。

張洛勝外在條件很不錯，身材也算勻稱，在辦公室裡也算是鶯鶯燕燕關心的對象，只是他喜歡我，剛開始當然免不了又被鶯鶯燕燕用怨恨的眼光看待，接著她們知道我跟他在一起，好像我奪走了什麼一樣每天擺臉色，問個問題也沒人要理我，進辦公室都覺得好像走進地雷區，步步危機。

張洛勝要我假裝聽不見，我說那些風言風語又不針對你，你當然可以聽不見。然後張洛勝在辦公室還是對眾位女性溫柔體貼，笑語宜人。

幾個月之後我覺得好煩，對張洛勝的感覺也在眾多耳語引來的爭吵之中漸漸消退，因為個性很懶不想換工作，於是就對他提起分手，活得這麼討人厭真的很無奈。

張洛勝不肯，但是我堅持。

兩個人說到後來表面上是分手，但人後我們拖拖拉拉地也沒真正處理好，就存在比朋友好一些但又不是交往的關係。

我有時候想他陪我吃個飯散散步，但一轉眼我又覺得煩，不知道張洛勝還可以忍受多久，如果愛忍受，就忍受吧，我又沒有拜託他什麼。

有時候張洛勝也會發怒，說我這種脾氣沒人受得了，氣呼呼地轉身離開，但過幾天又在下班後約我吃飯。

我好猶豫，也討厭猶豫的自己，只是想要有人瞭解我陪伴我，為什麼一切會變得這麼複雜？

「想什麼？」正在想以前的事，張洛勝突然插了句話，才發現自己的火鍋滾到都快沒湯了我還沒發現。

「想一些禍國殃民的事情。」隨口胡扯。

張洛勝笑了笑，伸手撫著我額上的髮：「總是胡言亂語，快吃吧。」

他寵溺的笑容我見過許多次，但卻怎麼看，也只覺平常。

那時候喜歡他的心情，被許多許多人弄得烏煙瘴氣，所以一點一滴地消退了。

渴望被人擁抱，卻又害怕擁抱之後的孤單，我一個人會不會過得比較好？有時候這麼想著想著沒有答案，卻看見熾熱的眼光，總是默默地退縮著，那些擁抱，彷彿都成了負擔。

或許，我終究自私，終究沒有那麼喜歡他。

□

隔天做完薪資報表呈到經理手上，經理突然親切地叫我坐下談談。

心裡狐疑著，還是乖巧地坐下。

「最近公司接到新的案子，會多一批人。」

「是，估計會有多少人？」

「一百五十人。」

這數字突然在我腦裡像煙火一樣爆炸，但表面上我還是冷靜地回答：

「這人數我怕我沒有辦法處理。」

當然，無緣無故多出來一百五十個人，他們的訓練課程他們的裝備他們的薪資他們的上班時數核對……想到又覺得前途一片黯淡。

「不會的，妳試試看，先試試看，真的不行我們再來處理。」

你怎麼不來試試看？我超想這樣回答。

我壓住脾氣耐著性子慢慢地回答：「經理，目前的人數結算已經要讓我加班三天以上才做得完，更不要說每次送來的資料都絕對有錯還要抓錯，我真的無法負擔這接下來要多出來的一百五十人，請經理替我想想。」

經理面有難色：「我知道妳辛苦，不過妳工作能力有目共睹，我也相信妳，每個月交上來的報表都漂漂亮亮一點錯漏也沒有，如果公司沒有妳，還不知道該怎麼辦。我相信妳，妳一定可以。」

漂亮話誰不會說，我現在也可以稱讚經理實在帥得跟宋仲基一模一樣啊，但是說歸說，經理終究只是個普通中年人啊：「經理……」

「好了，我還有會要開。這兩天要聯絡這新案子的訓練課程跟場地，妳要快點把資料交上來。」

經理交代完之後趕緊腳底抹油溜掉，留下我一個人，在辦公室想著這突如其來的工作量該怎麼處理。

是不是該丟辭呈？

雖然心裡一瞬間閃過這樣的想法，但又覺得不肯認輸。

從經理的辦公室走出來之後，我頹然地坐在自己的位置上，忍不住又望向窗外，如果我能飛出去就好了，不過想想那只能跳樓，方向錯誤。

這個下午，辦公室很寂靜，這區只剩下我，而其他區域也挺安靜，只有陸續傳來的鍵盤跟電話聲，稍稍打擾了這下午的寧靜。

隱約知道張洛勝在看我，可是不想轉過頭。

辦公室的鶯鶯燕燕雖然恨意稍歇，但仍沒有收起她們的八卦天線，我不知道為什麼這些人要抱著敵意才能夠感覺存在，我到底哪裡做錯啊？

只是被一個男人喜歡著也不對嗎？

長相是種優勢，但不是絕對。雖然我沒有付出太多努力就得到了張洛勝，但這可能是因為他八字輕。

我自己也覺得自己漂亮，但他們因為外表而喜歡我，為什麼到頭來會變成我的錯？

窗外陽光正好，雖然大多數的人都選擇把窗簾拉上，不讓火辣辣的陽光直接穿進來，可是我就喜歡抬起頭什麼也看不見的刺眼。

或許可以逃避些責任。

三年了，我的薪水比三年前只多出一點點，但負責的人數跟事務已經是三年前的兩倍，如果照這樣的公式計算，可能薪水也要兩倍才能符合公平原則？

可惜責任制深入人心，對於這即將到來的業務也只能咬牙撐住。

社會的一切，漸漸地磨掉我的志向跟我的毅力。

有時候我幾乎就要相信自己是新聞常常報導的爛草莓。

其實大多數的時候我喜歡自己的工作，經理平常對我也真的很不錯，偶爾遲到補休什麼的他也都沒什麼意見，三不五時也會請客犒賞員工。

只是還要多一百多人啊，想到頭就痛。

算了，工作就是磨練，磨練就是挑戰，挑戰就是……對自我的肯定，我一定很強一定很厲害一定會加薪。

這麼對自己胡說八道了幾分鐘之後，還是悶著頭把該做的工作一項項弄好，當一天和尚，敲一天鐘，好好敲鐘吧。

還好今天下班後跟豬朋狗友約好了去唱歌發洩。

想到麥克風，心情就突然間好起來，豬朋狗友跟麥克風是人生絕對不能缺少的東西啊。

□

下班後風塵僕僕地趕到，剛踏進包廂，那端就傳來鬼叫聲：「羅千梓，竟然遲到！」

我轉過頭瞪向聲音來處兇狠地說：「何家須，囉哩叭唆會沒人要喔。」

「妳才沒人要。」

「我有，嘿嘿。」

「那不是真愛，不算數。」

「我的真愛就是麥克風。」

「妳好變態喔。」何家須假裝羞澀地看著麥克風。「這樣好嗎？」

這是個可以盡情翻白眼的場合，所以我也不客氣地給何先生一個超級大白眼。

豬朋狗友台中小團體一共四個人，除了我之外，還有何家須，遊戲公司企劃兼程式，跟我一樣也是被物盡其用的類型，為什麼不說人盡其才，我想我們在主子眼裡都不是人，是物。

蕭謹中，不肯接手家族企業的任性小開烘豆師，賠了兩三年錢之後，今年終於開始烘出名堂，終於不再是赤字，在台中的小店也即將要開始運作。

紀安雲，在模特兒界打滾幾年之後體認到青春有限，人要有一技之長，現在正在念服裝設計邁向設計師之路，當然還是繼續接模特兒的工作。

聽起來只有我最悲情最沒用。

不過非常令人安慰的一點就是全部人都單身，我們是受到詛咒的豬朋狗友團。

「怎麼那麼晚？」安雲問我。

「別說了，加班這種東西啊……」

「早跟妳說那公司快點丟一丟，沒前途。三年了還是行政助理，卻要做行政、人事、會計跟倉管，我的媽啊妳要不要那麼好用？」何家須斜睨了我一眼。「誰跟妳同心同德啊？利用妳而已，傻孩子。」

蕭謹中正在唱歌，一首〈零〉唱得轟轟烈烈，聲聲入耳。

「他怎麼了啊？」我轉頭問何家須，蕭謹中平常難得這麼高亢激昂的。

「失戀了啊。」何家須充滿同情地看著他。

「怎麼會？」我很驚訝，蕭謹中說外表有外表，說身高有身高，說口袋深的話，家族企業年營業額起碼幾個億啊，失戀？太神奇了吧。

「失戀幾年了，走不出來，喜歡的女生跟別人……」何家須說完之後，被謹中恨恨地瞪了一眼，家須齜牙咧嘴地回應：「不開心自己說啊，哼。」

「不要理這些臭男生，來唱歌。」安雲拿過麥克風。

「我才不要跟蕭謹中一掛，他不是我的菜！」家須大叫。

「我也沒想過有天會淪落到變成你的菜。」蕭謹中冷冷地說，隨手打開啤酒。

我挨到蕭謹中身邊坐下：「別不開心啊，天涯何處無芳草，何必單戀一枝花呢？」

他頓了頓：「嗯。」

說完之後謹中拿起啤酒大口大口地喝，我拉住他：「不要這樣喝啦。」

他拿著啤酒對我挑眉：「喝嗎？」

「喝！」今天除了唱歌，當然是喝酒。接過謹中的啤酒，才發現根本剩沒兩口。「你也喝太快了吧。」

「口渴。」謹中又打開一瓶。

這廂，何家須正高亢地唱著〈小情歌〉，可惜他缺乏青峰的嗓子，唱了個七零八落。

我忍不住把衛生紙扔過去開始喝倒采：「回去練習一下再來好不好？」

「你不知道我的厲害啊！」何家須把衛生紙丟回來，嘴邊睥睨地笑。

「爛死了。」安雲也一直笑。

「都給我安靜，好好欣賞我的歌聲。」何家須指著我們尖叫：「用心欣賞！給我拿出你們這些小賤人的良心來！」

我們依然嘻嘻哈哈地嘲笑這首讓青峰聽到肯定會落淚的小情歌，為什麼自己一首好好的小情歌會唱得到處走音。

儘管是互相指著鼻子罵對方，丟衛生紙，喝酒噴口水的場面，我心裡卻覺得好溫暖。

雖然何家須唱歌是這麼地難聽，我仍然覺得他是真正的朋友，不必勾心鬥角，可以直接地說出你唱歌真的好難聽啊這樣的句子真好，不需要假裝不需要刻意假裝，只是真實地活著。

人生如果沒有了這樣的朋友，該有多無助。

啤酒一瓶一瓶地被打開，又一瓶一瓶地被喝進肚子裡。

我們的腦子也開始越來越遲鈍，到底為什麼喝了酒之後會一直想笑啊。

「何家須，你以後不准跟來唱歌，根本是傷害我的耳朵。」我指著何家須，卻覺得他好像一直在晃。

「大膽，竟敢污衊本宮，妳這個賤婦！」何家須伸出他的食指：「本宮的歌聲豈是妳一個賤婦可以批評的。」

「哈哈哈。」我笑得眼淚都快要掉下來：「小人惶恐。」

「哼，給本宮小心點。」

安雲跟我靠在一塊笑個不停，轉頭看蕭謹中，他躺在沙發上緊閉眼睛，不知道是睡了還是醉倒。

「喂，我說謹中今天怎麼怪裡怪氣？」我問安雲。

安雲頭一歪，臉頰紅撲撲的煞是可愛：「他從來都不是多話的人，他不說，誰會知道。」

「安雲，跟我在一起吧！妳好可愛。」我抱住安雲胡亂喊。

「好啊好啊。」安雲也抱住我：「我們來結婚！」

「不能結婚妳們這白癡。」何家須看著我們翻白眼：「夠了沒啊妳們。」

後半段大家就在歡樂的破音時間中度過，一下子就到了該回家的時候，謹中被我們叫醒，眼裡密佈紅色血絲。

「謹中，你還好嗎？要回家囉。」我對謹中說。

雖然我們都搖搖晃晃，腳步虛浮，但倒還記得互相關心，大家下樓之後，分乘兩台計程車回家，安雲跟何家須一起，我跟謹中因為方向一致，所以搭上同台計程車。

回程的路上謹中很安靜，我也因為酒精的關係覺得眼皮沉重。

「女孩子不會喝酒不要喝那麼多。」謹中突然這麼說。

「跟你們喝，我不怕的。」我把頭靠在謹中的肩膀：「你們是我最好的朋友。」

「嗯。」謹中嗯了一聲隨即沉默。

到家門口的時候，謹中堅持要下車送我上樓，拗不過他，只好讓他跟著。

謹中扶著我下車的時候手機響起，我胡亂翻著皮包，看見張洛勝的名字一陣煩躁，隨即把電話切掉。

「不接？」

「嗯。」我搖搖頭。

「不是男朋友嗎？」

「不是。」

「記得不要跟別人喝酒。」謹中扶著我上樓，回到家之後讓我靠在沙發上：「如果明天醒來不舒服的話，記得喝點溫水，泡個澡。」

「知道了。」

謹中替我關上門，在門外提醒我鎖門，等到聽見我鎖門的聲音之後，他的腳步聲才慢慢遠去。

只是鎖門的時候，我好像聽見他的聲音，低低說了什麼。

但頭腦太昏沉，沒來得及換衣服倒在沙發上就沉沉睡去。

02

隔天醒來的時候已經是日上三竿，渴得像三天沒喝水，腦子裡面有人在敲打，灌了一大杯水之後又躺在床上才覺得不那麼暈。

手機響，是張洛勝。

依舊不想接，放著手機在桌上兀自響著。

幾次之後沒回應，希望他知道我真的不夠喜歡他，希望他找到真正喜歡他的人，我如同何家須所說只是個賤人，不值得他用真情相待。

其實到現在我也不清楚他是喜歡我，還是不甘心。

痛快地洗澡之後，午餐在家裡簡單煮水餃。配菜是無限重播毫無營養但不論從哪一集開始看都可以迅速進入劇情的鄉土劇。

這才是假日啊，那些到處出現的總裁跟秘書，外遇跟三角戀，死而復活，反覆結婚好多次的劇情，活生生的吵架惡狠狠地告訴對方我要弄死你！這才是痛快的人生，不需要在那裡當小媳婦自己加班，不需要假裝自己很喜歡工作，可以大聲辱罵別人可以大聲喊出自己的不滿，多好啊。

可惜戲劇總歸是戲劇，在生活中我們始終無法這樣發洩，也只好看著這些肆虐的情緒試圖替自己找個出口。

韓劇中的美麗相遇應該是不可能發生在真實生活中的吧，看了韓劇之後常常覺得無比失落，除非特別想要自虐不然後來我都不太敢看。

何家須說我的生活除了工作就沒其他重點，所以很爛，爛到他看不下去，最近試圖要替我發掘人生其他的興趣。

我跟他說與其擔心我的生活，不如擔心他的歌聲吧，總有一天肯定會因為歌聲成為殺人犯，難聽得令人窒息啊。

「妳這賤婦。」何家須依舊是這句老詞，其實他應該朝演藝圈發展，根本適合演鄉土劇。

吃完水餃之後躺在沙發上享受一個人的時光。

一個人的時候，安靜放鬆，不必偽裝自己，以前有陣子都拿著手機滑來滑去，現在想開了，覺得那些訊息不看也不會怎麼樣，朋友真的要找我，會打電話，人家分享什麼訊息又到底關我什麼事，這麼做之後，剛開始有點不習慣，不過之後真的多出許多時間，也才獲得放鬆的假日。

剛這麼說，手機就又響了，一看，何家須。

「幹嘛？」對何家須不用假裝。

「走，我們去健身房。」

「健身房？」我皺眉：「健身房？」

「是，快給我準備一下，十五分鐘到妳家樓下。」

「我不要。」

「快給我準備，等下沒見到妳，我殺上去啊。」何家須聲音裡有著威脅。

「要做什麼啦？」我拉長音。

「運動啊！運動很重要的！」

於是半小時後，我毫無選擇且滿臉黑線的在櫃檯填寫資料，兩人同行入會費全免，何家須說月費他要幫我出，我負責陪他一起來運動就好。

填資料的時候忍不住看著在旁邊用從來沒有過的認真態度一筆一畫填寫資料只差沒有把三圍都寫進去的何家須，我恨恨地說：「你會運動嗎？」

「哼。」何家須瞪了我一眼：「我超愛運動，最喜歡運動了！」

「廢話少說，肯定是因為這裡的人。是誰啦？反正你總要說出來不差這幾分鐘。」我環顧四周，這裡一定有被何家須看上的人。

「人群中最耀眼，閃閃發亮的那個人。」何家須突然臉色潮紅，含羞帶怯地回答。

「啊，原來是電燈啊。」

何家須轉過頭用鄉土劇的眼神瞪了我一眼。「沒水準，沒文化，低智商。」

我忍不住一直笑，差點連字也寫不下去。

填完資料之後我軟弱無力地在跑步機上用散步速度假裝自己在運動，何家須則是換上緊身運動服開始重訓，雖然他個性很差但身材倒是不可低估地好。

但何家須你這樣只會吸引到那邊的大嬸好嗎？沒看見大嬸們開始注意到你流汗的樣子嗎？

默默地把跑步機速度調快，今天如果累慘的話就不用陪何家須吃飯聽他叨唸。

大嬸開始靠近何家須，不斷地問說：「唉唷小哥你是不是練很久？但是沒看過你啊？」

「你剛加入嗎？需要我帶你認識環境嗎？」

「住哪裡？有沒有女朋友？」

「可不可以教我這台機器要怎麼用？」

何家須竟然逆來順受地回答問題，沒有拿出他潑婦罵街的看家本領回敬這些大嬸，這表示他喜歡的人肯定就在附近，我得拿出偵探的精神好好找人。

大嬸熱絡地詢問之後發現何家須不夠熱情，紛紛嘟囔地走開了：「現在年輕人都沒禮貌」、「年輕氣盛啊」、「想當初我們年輕的時候……」

我在跑步機上笑出來，今天何家須肯定很悶啊。

何家須彷彿聽見我的笑聲般轉頭用惡毒的眼神瞪了我一眼，我則是扮了個超醜的鬼臉回敬他。

回頭發現有雙亮晶晶的眼睛看著我，面上還帶著笑。

我臉一熱，趕緊把跑步機調得更快，累死我好了。

冷不防地有雙手在我的跑步機上按著：「第一天來練習？」

我僵硬地點點頭，接著他繼續說：「剛開始還是不要把強度調這麼高，身體會受不了的。」

是剛剛那個笑容的主人，此刻正站在我的跑步機旁。

「呃……好。」也不知道該不該回答謝謝，只訥訥地說了聲好。

「等下跑完之後過來，我教妳怎麼放鬆肌肉吧。」

「好。」敢情是工作人員？健身教練？

他滿意地點點頭，隨即走到某台機器旁邊，開始他自己的訓練。

跑沒兩分鐘，何家須走到我身邊來低聲說：「妳為何奪人所愛？」

「什麼？」

「下來，給我下來。」何家須為了保持形象，一直用非常輕柔的語氣說話，搭上這種生氣的句子，跳下跑步機時我忍不住笑出來。

「不許笑。」何家須俯身在我耳邊說：「為什麼妳要勾引我看上的人？」

啊原來是剛剛這位調機器的仁兄，我忍不住轉頭想再看一下。

「不許回頭看，免得讓他以為妳對他有意思。」何家須的聲音溫柔地提醒我。

「冤枉啊誰知道你看上他。」脖子差點扭到了我。

「現在知道了。」

「長得倒是不錯，人模人樣。」

「是不是？我看上的不會有錯。」

「不過你機會不大啊。」我搖搖頭。

「哼哼，給我小心點啊。」何家須講完之後就去踩飛輪，踩得好像跟那台飛輪有深仇大恨一般。

我則是去拿手機戴上耳機苦著臉繼續跑步，唉，當人家朋友好難啊！聽著音樂跑步，倒覺得時間過去得不知不覺，發現汗水濕透了衣服，才驚覺到：啊原來我也會運動，運動完還挺暢快的。

四下張望沒看見那位仁兄，太好了這下子可以不必被何家須怨恨，趕緊腳底抹油，溜之大吉。

沒想到今天真的是要運動，我只穿了身上這套衣服出門，現下衣服濕漉漉地黏在身上，真想回家好好洗個澡。

何家須那廝還在飛輪上咬牙切齒，還是跟他打個招呼先行回家好了。

打定主意走過去的時候，耳邊傳來聲音：「跑完了？」

回頭一看，那位仁兄出現了。

「呃……是啊。」我有點遲疑地回答著，深怕等下就要被何家須給一劍刺死。

「那過來這邊我教妳放鬆？」

何家須果然光速走過來我身邊，而且攬住我的肩膀：「運動完是該好好放鬆一下沒錯，寶貝。」

教練有點愣住，卻還是帶著我們往空教室，開始引導我跟何家須放鬆肌肉。

「幹嘛這樣？」拉筋的時候我低聲問在身邊的何家須。

「哼，我得不到的，別人也休想得到。」

「我才沒有想得到。」

「我不管。」何家須轉頭，沒多久之後突然又對我說：「不然妳試用看看，再告訴我他的功夫怎麼樣？」

我翻白眼：「你殺了我比較快。」

「好啦拜託啦妳先用用看？」

我拒絕繼續這種對話。

健身教練倒是沒有繼續說什麼，在我們放鬆完之後就走開了，我跟何家須渾身汗地靠在牆壁上。

「我沒帶衣服怎麼洗澡？」

「哼，還好我有帶，妳把濕的衣服換掉回家再洗澡吧。」何家須從背包裡拿出兩件T恤，遞了一件給我。「要不是有心細如髮的我，妳要怎麼活下去？」

「這跟活下去有什麼關係！」我搶過衣服走向更衣室，沒多久就換好衣服出來。

何家須也已經換好衣服一副神清氣爽的模樣坐在椅子上，說真的不說話不管內在的話，倒是一副迷倒天下蒼生的帥樣。

「好了，我們走吧。」我把他從椅子上拉起來，挽起他的手臂感受到現場無數婆媽跟小女生的心碎眼神像利劍一樣刺在背上，走出健身房後我輕聲地對何家須說：「好啦這下子我們在這健身房已經斬斷桃花了。」

「不！」何家須抱著頭：「我要桃花我要做愛我要做到筋疲力盡啊！」

走進電梯之後，我忍不住開始哈哈大笑，何家須不斷搥打我的背：「賤人，妳這個賤人。」

原來運動挺有趣的。

□

開始運動新生活之後，嚇人的新案子也面臨第一次結算。

我連續一星期加班到晚上八點過後，才把這驚人的資料給整理好，開始覺得人的潛力無窮，主管笑呵呵地看著我呈上去的報表：「做得很好嘛。」

「經理，可是我覺得這量對於我來說真的太多了，希望經理可以多聘一個人進來，至少替我分擔其他雜務，像是人員訓練、接電話還有紙本核對之類的工作。」

「現在不是做得很好嗎？」

「經理所謂的做得很好，是我用一星期的加班到晚上九點換來的，如果您自己也要這樣加班，您做得到嗎？」

「妳怎麼這麼說，這本來就應該是妳的工作，妳不也都做這麼多年了應該很熟悉為什麼要另外補人。」

「我當時進來的時候負責三個案子共五十個人的薪資核算、人員訓練、計畫手冊撰寫，經過三年，現在負責三百五十個人，經理也要為我想一想。」

「總之妳好好做就是。」經理有點不開心。「不要抱怨了現在工作那麼難找，外面起薪都兩萬二，妳現在薪水很不錯了要好好珍惜。」

說到薪水才更氣，經過三年，經理的薪水增加兩萬，我才增加三千，是有沒有搞錯。「經理總之這工作量我不能負荷——」

話都還沒說完，經理揮手示意我停下：「我還要忙，妳先出去吧。」

「經理……多聘一個助理好不好？」我壓下怒意，幾乎是低聲下氣地請求，真的很希望有個人幫手，這樣至少我請假時工作不會堆著。

「好，我考慮一下，不過因為我們只是分部，按照總公司的規定應該只有一個助理的缺額。」

「可是我的負擔——」

「好了好了先出去吧。」

咬牙忍住心裡的不愉快，轉身走出經理的辦公室，回到自己的座位上時手掃到馬克杯，摔到地上變成碎片，聲響暫時讓辦公室寧靜了幾秒。

知道其他座位上的人肯定用饒富興味的眼光朝這邊看著，看吧看吧，人都會不開心的，你們不開心的時候我不也看著嗎？看吧看吧，隨便這世界了。

「沒事吧？」張洛勝的聲音出現在座位旁，他竟然會一反常態地在上班時間來到我旁邊。

「不想做了。」我悶悶地說。

「中午去吃飯？」

「不吃。」

「乖。」張洛勝拍了拍我的背，我聽著他的腳步聲離開我身邊，耳語開始變得大聲。

「他們果然還在一起。」

「洛勝你不要被騙。」

「賤人就是矯情。」

連這種句子都出來了你們是有多瞭解我？只是因為一個男生就否定我所有努力這樣對嗎？

趴在桌上，希望自己的眼淚不要掉下來，我真的很爛嗎？這工作量真的是正常的嗎？我只是因為太爛所以做不好嗎？不斷地問自己問題，卻沒有得到任何回應。

這真的是我一個人應該做的事情嗎？

深呼吸，再深呼吸。

那麼多孤單的黑夜，儘管害怕我也自己熬過來了，沒有什麼是我不能面對的。

人如果不能靠自己，還能指望誰呢？

去洗手間洗過臉之後，回到自己的座位上，該繼續的還是得繼續，事情不做，也不會有人幫我做，整個辦公室都是一副看熱鬧的神情，我突然生起氣來。

奇怪哩人家談戀愛關你們什麼事？他喜歡我關你們什麼事？有本事不會自己去搶喔！！

看不起我是不是？！就要做給你看！

埋頭在文件裡不斷努力，直到發現周圍聲音靜下來，一看錶才發現已經到了午休時間。

抬頭看看附近，辦公室的人走了個精光，雖然是同個辦公室還是分為無數小團體大家各自過生活，我因為向來沒朋友，一直是獨來獨往的。

拿著錢包走出大樓，外頭熾烈的陽光曬得我有些頭暈。

孤單是種感覺，總在沒有防備的時候突然出現來攻擊妳。

我突然覺得自己沒有地方可以去。

我失去了父親，失去了母親，只剩下自己一個人。

站在大樓正門口，突然失去邁步向前的力氣，只是站著看來往的人群跟車潮。

「千梓。」耳邊傳來熟悉的聲音。

我轉頭，是張洛勝。

「吃飯吧，妳餓了對吧？」

僅僅是這樣的一句話，我卻不由自主地濕了眼眶：「謝謝你。」

他拉住我的手往前走的時候，我好希望自己真心喜歡他，可是從心裡湧出來的，卻是一次又一次的對不起。

對不起，我真的如同何家須所說的是個賤人。

無法回應張洛勝放在我身上的感情。

「對不起。」我對張洛勝說：「謝謝你的喜歡，但我真的無法回應。」

他沒有回答我，只是一直牽著我的手往前走，背影有些賭氣的落寞。

陽光那麼燦爛，卻溫暖不了我的心。

□

那天之後，公司一如往常地運作著，經理也假裝那天我的請求沒有發生過，我後來又旁敲側擊幾次，他推說總公司沒有回應。

幾次之後我牛脾氣也來了不肯再問，憑著一股不肯服輸的狗屁志氣，撐著繼續在每個月結算時候乖乖地加班把事情處理完，開天窗不是我的習性，更何況開天窗影響到的只是底下那些辛苦工作的人，他們領不到薪水，我不把事情做好根本撼動不了上頭的誰一分一毫。

我假裝自己開心，經理假裝我沒有講過那件事，而業務經理一樣為了追尋業績努力地跑業務，而我只是害怕他又談下了什麼業務，我要處理的事情會越來越多。

有天經理又把我叫去他辦公室，我一度催眠自己以為事情有轉機，結果經理對我說：「最近我們又簽了新的專案。」

「什麼？」我只能愣愣地回答這句。

「業務經理簽下了高鐵的合約，台中高鐵這邊的業務屬於我們的了。」

這消息無疑晴天霹靂，但我還是強自鎮定地問：「多少人？」

經理很開心地說：「還好，七十個左右。」

「我做不了。」我毫無思索立刻這麼回答。

「不要這麼說嘛，之前妳不也是做得很好嗎？」

「我做不好，太多人了，這真的超出我能容許的範圍。」

「千梓，妳可以的。」

「我不可以！」突然之間我失去控制對經理大吼：「我不可以！！我不要做！！！」

說完之後我衝出辦公室，眼淚不受控制地一直掉下來，好，就當我是爛泥扶不上牆，就當我爛草莓，我只是不想再被欺壓了，這不是我應該負責的事情，擦乾眼淚，我悶悶地開始把自己的東西丟進隨身的包包裡。

經理走出他的辦公室，帶著怒意問我：「妳這是什麼意思？」

我冷冷地回他：「我不做了，那幾百人的資料你找其他人來吧，我爛草莓我承受不住壓力我不喜歡一直加班，別管我了，我薪水也不要了現在就離職，你去告我吧。」

經理臉上好似閃過一絲驚慌，卻還是假裝冷靜：「妳冷靜點，這對妳來說沒有好處。」

「我不管什麼好處不好處，三年來我什麼都做，接電話、影印、泡茶煮咖啡、跑銀行對資料、訓練手冊、訓練裝備，訓練場地，各種你們只知道項目的事情全都是我做，連你們洗手間裡的衛生紙都是我補的，明明隔壁辦公室就有負責接電話的總機、負責打掃的清潔阿姨，他們會計只需要做會計的事情！我什麼都要做，還要弄幾百個人的薪水，你說我什麼意思？我現在就是不想累死自己的意思！」我一股腦把話都給說出來，挑釁地看著經理：「你問我？我才想問你什麼意思？」

「沒必要把話說成這樣，這本來就是妳的工作。」

「總之我不做了，這些東西你自己研究一下。」我把桌上堆著的文件資料卷宗全都交到經理手上，他手一沉，我還真怕他會拿不動。

現在你知道我一個女生可以拿動這些卷宗是練過的吧，你這種只是在辦公室簽個名的怎麼知道我的工作量！

「千梓啊。」經理慢慢地把東西又放回我桌上，轟一聲倒塌了，散落滿桌滿地，他清了清喉嚨之後繼續：「妳這樣是不負責任，妳也不希望將來新公司打電話過來問我吧。」

這時候竟然還威脅我？我不濃不淡地說：「無所謂，我大不了去陪酒！那裡薪水比這好太多了。」

辦公室突然從死寂一片變得熱鬧非凡，有人把茶噴出來，有人哈哈笑，有人開始竊竊私語：「我就知道她……」「真的假的？」「在哪做？我要去點檯。」

經理臉色一陣青一陣白。「妳……」

張洛勝突然衝到身邊抓住我的手：「不許說這種話！」

辦公室的人顯然也沒料到張洛勝會突然衝動起來。

經理不可置信地看著現在的局面，嘴巴張得像章魚一樣圓。

「嫁給我。」接下來張洛勝說的話讓整個辦公室陷入世界毀滅狀態，全部的人都呈現一副呆若木雞的樣子，包括我。

「啊？」這句話突然之間超越工作超量的衝擊，讓我呆立在原地。

辦公室那端突然有個人站起身，不知道打翻了什麼哐地一聲。

大家往聲音來源看去，應該是隔壁的行政助理，名字沒記住。一頭長髮燙成美麗的宮廷捲披散在肩上，美麗的臉龐上盡是掩飾不住的驚慌，眼神卻死死盯著張洛勝，心口不住起伏著。

「別開玩笑。」我甩開張洛勝的手。

「不是玩笑，我真的想娶妳。」

「可是我不想嫁你，別鬧了回去上班吧。」

「妳到底要這樣逃避到什麼時候？」張洛勝音量開始提高。

「我沒有逃避，是你一直不肯面對現實。」

「妳明明就……，不然為什麼……為什麼……」

在辦公室討論這些我覺得好難堪，我用超乎尋常的冷靜態度告訴他：「這麼說下去一點好處也沒有，你仔細想想。」

張洛勝終於意識到場合不對，意味深長地看了我一眼，然後轉身回到自己的座位上去。

辦公室的耳語不斷，我卻再也不想聽下去。

看著經理，我慢吞吞地說：「經理，我無法負荷，也不願意負荷這樣的工作量，請經理務必找新的人手，不論是幫助我，甚或是接替我，都請早做準備。」

經理看著我，好像喉嚨有幾千根針在刺一樣吞嚥困難地說：「我會向總公司報備。」

「請盡快。」沒繼續看經理忽紅忽白的臉色，我回到自己的座位上，開始處理平日要處理的庶務。

雖然一直想假裝什麼事情也沒發生，但背後有許多探索的眼光，加上自己無法專心，直到午休時間，我都不知道自己做了些什麼，腦袋一團亂。

當指針走到十二點那一瞬間，我立刻拿起背包頭也不回地跑出辦公室。

我是不是要因為自己偷取別人的感情遭受到報應？

不應該給別人模糊的愛情空間，不應該為了一些些溫暖放任自己不愛的人擁抱自己。

我做錯了，現在可能要為這個錯誤付出代價，現在回想起來覺得有點討厭自己了，明明有很好的朋友可以傾訴，為什麼偏偏要惹出這一身麻煩。

「嫁給我。」這句話從張洛勝的口中說出來，怎麼聽都覺得自己做錯了什麼，害別人跟著我一起走錯路。

意欲貪心的人，總是自食惡果。

走到離公司有些距離的麥當勞，希望不要被大家發現又被指指點點，今天被閒話的機率是百分之百，不過主角可能還有隔壁辦公室那個新來的可愛女生，大家都爛在一起，也算是扯平吧。

我這什麼自暴自棄的爛性格啊，算了反正我大不了拍拍屁股走人，聽不見的就當成沒有發生吧，逃避也是抹去記憶的最佳路徑之一。

中午這餐就放肆地用垃圾食物來撫慰自己，管他漢堡薯條炸雞的熱量突破天際，我也要盡情地用它們的香味麻痺自己。

不知不覺撥了電話給何家須，把事情跟他大略交代完畢，只聽見何家須壓低聲音：「妳快點辭職，不要眷戀。」

「我沒有眷戀。」

「不是捨不得深情男人的懷抱？」

「對不起，我不應該貪心。」我真心地嘆氣。「我真的沒有捨不得，今天徹徹底底地後悔做了這件事，我真心想解決，真心打算接受報應結束這一切。」

何家須今天好溫柔，他停頓幾秒後反常地對我說：「貪心是人性，沒事的。」

我遲疑了一下，眼眶迅速地熱了：「好啦去忙。」

「那倒是真的要忙，下午要封測。」何家須對工作是很認真的。

「好，加油！」趁自己軟弱之前我趕緊把電話給切斷。

聽著手機的嘟嘟聲，把額頭抵在桌上，心裡拚命地嘆氣。

這些巨大的沮喪雖然也來自工作，但也有部分來自張洛勝，今天在辦公室來了這麼齣戲，終於讓嗜血的大眾都準確地接受到攻擊訊息，不趕緊離開的話恐怕這小小的辦公室會成為無法生存的困境。

不過幾十人，也能弄出鄉土劇般的高昂情緒，找個共同的目標一起仇視她針對他嘲笑他，最後扠著手大笑正義必勝。

哪門子的正義，哪門子的團結啊？

抬起頭看著玻璃窗外，人潮來來往往，有好朋友勾著手聊天，有上班族出來覓食，有獨自一人大太陽底下慢跑，也有老太太拖著菜籃車漫步經過，正發著呆，就看見熟悉的人影。

沒錯，社會果然還是殘酷而巧合的鄉土劇，哪裡都有戲。

張洛勝疾步走著，在他身後的，不就是剛剛那個激動得站起身來的小美女嗎？那位助理好像剛進公司沒有幾個月，因為她長得漂亮而我已經失去話題，所以那些人有轉移目標的傾向，說起來應該是同伴才對，本來該好好感謝她，可惜我個性孤僻，也沒有機會跟她多說話，幾次經過她身邊，淡淡的眼神好像也帶刺，接著也只好相敬如賓。

小美女的臉色有點著急，跟在張洛勝身後幾步的距離，過了馬路後她拉住張洛勝的手，這時我好慶幸自己坐在二樓，既不容易被發現又很容易看清楚一樓的情況。

小美女不知道說了什麼，張洛勝也回應她，兩個人好像有點爭吵的感覺。

接著張洛勝想甩開她的手，但是小美女不願意，接著便一把抱住男生的腰，把頭埋在他的肩膀上，看狀況應該是哭了？

我拿著雞塊的手停在空中，是這麼一回事啊。

這瞬間我心裡有的竟然是慶幸，好像對張洛勝的愧疚因為有人喜歡著他而覺得不那麼深刻。

沒想到這時候張洛勝突然抬起頭，眼神和我的對了個正著，怎麼可能啊這世界一定沒有天理吧，一般誰會在這時候抬頭。

我在二樓站起來也不是躲也不是轉開眼神也不是，對視三秒之後我還是趕緊把眼神轉開。

跑吧，不過這只有一個出入口，跑哪裡去啊？

然後張洛勝往麥當勞走過來，唉，該來的總是要面對。

沒多久，腳步聲來到我身後，接著張洛勝在我旁邊的座位坐下，小美女則是坐在他身邊。

場面很靜默，沒有尷尬，只有不知從何處而來的冷風，一陣一陣地，冷氣開太強了麥當勞。

「這是胡莞晴，我們辦公室的助理。」張洛勝竟然選擇先介紹小美女。

「妳好。」不知道說些什麼才好，說妳好總不會錯吧。

小美女看了我一眼：「千梓姐好。」

沒想到時至今日我也是姐字輩的人，何家須聽到想必會一把鼻涕一把眼淚的說：「妳長大了。」

不對，這時候不是應該考慮何家須的時刻。

「千梓——」張洛勝有點困難地開口。

我打斷他：「我知道，這一切都是我對不起你，是我不好，真的！我覺得自己不應該欺騙你的感情，都是我的錯。」

「千梓，我喜歡妳。」張洛勝看著我，而他身邊，胡莞晴臉色暗了下去。「可是妳總是這麼淡淡的，好像一點也不在乎地生活著，上班時走過我身邊連一個眼神都沒有，下班了如果我沒有主動找妳，妳也不會問我要不要吃飯，我就這麼被晾著，有時候也想狠下心不要再去約妳，但想起妳總是一個人吃飯的身影，又覺得心疼。一次又一次在生活裡重複這些痛苦的循環，直到莞晴說她喜歡我……我……」

雖然知道自己在傷害人，但這麼赤裸裸地聽見，還是覺得有點坐立難安，我不是早就提醒過這樣你會難過，是你自己要難過的啊關我什麼事。

「千梓姐，洛勝大哥總是很照顧我，對我很好，我真的喜歡他。」胡莞晴可憐兮兮地說著。

「妳喜歡他很好啊，希望你們可以幸福，我也會——」

張洛勝打斷我：「妳別管她，聽我說，我真的很喜歡妳，無法看妳獨自一人在空蕩蕩的辦公室默默加班，處理那麼多的事情，幾次妳加班時趴在桌上累到睡著，我怎麼看都覺得不忍心，覺得妳太過逞強，為什麼那麼堅持要自己面對所有的事情，有我陪你不好嗎？」

「因為我真的只有自己一個人。」我認真地回答：「當然得獨自面對所有事情。」

「妳真是寧可去陪酒也不願意跟我在一起？」張洛勝壓低聲音問。

聽到這句我非常沒氣氛地笑出來：「那是開玩笑的，不這麼逼經理，他絕對讓我繼續撐下去不會請新人。」

張洛勝聽完後一時語塞，而我覺得這是解決我跟他之間亂七八糟關係的絕佳時機，身旁有喜歡他的人在等他，我不能耽誤他。「張洛勝，我真的很感謝你這麼照顧我，真的。我也想過是不是應該找條安穩的道路就這麼偷懶，畢竟被愛著真的很溫暖，讓人捨不得放開，但是我也怕如果不自己走出一條道路，將來你不願意背負著我的人生時，我會沒路可走……」

「我不會的。」張洛勝悲傷地看著我，胡莞晴霎時紅了眼眶。

「誰知道呢？我總不能總是被照顧，而且也不夠喜歡你，你自己都說有時候會想放棄，可是你要知道我的態度就是這樣，或許一年兩年你還可以忍受，但十年二十年呢？你能保證在我這樣的姿態中堅持一輩子？一輩子很長的，我不想害你，我也非常感謝你這些年的照顧，真的。我真心感謝那些你給過我的溫暖，但是我希望你能獲得幸福，從我這裡得不到的那種被愛的幸福。」

張洛勝不敢置信地看著我。

我深呼吸，用手按住張洛勝放在桌上的手：「張洛勝，謝謝你。但今天以後的道路，我希望自己一個人走下去，你也趕快去尋找幸福，在我這裡你不會快樂的。」

突然，張洛勝非常用力地甩開我的手，然後站起身。

我跟小美女也都站起來，看著張洛勝。

張洛勝先是盯著地板，接著他慢慢抬起頭：「妳怎麼可以冷靜地說出這種話？」

話剛說完，我臉上就挨了巴掌，這巴掌打得結結實實，硬生生地把我給打到重心不穩，身子一歪，就往旁邊的桌角撞下去。

「洛勝！」小美女尖叫。

麥當勞二樓本來很熱鬧，現在整個陷入死寂，有個不認識的男生衝過來推了張洛勝一把：「打女人算什麼男人啊你！」然後走過來扶我：「小姐妳還好嗎？要報警嗎？」

張洛勝自己顯然也沒料到，他這時也急急地衝過來扶住我，好像剛才的他只是一時中邪：「千梓！千梓！對不起，對不起，我不知道……我，對不起……」

胡莞晴用手摀住自己的嘴，不斷地往後退。

「我沒事，謝謝你。」我跟那個不認識的男生道謝，他扶我坐在椅子上，腰側整個疼起來。

我咬牙，也好，就當還給他。

凡是欠人的，都得歸還。

那個男生一直護衛似地擋在我身前，隔開我跟張洛勝。

「這一巴掌，就當我還給你，把那些欠你的都還清，一直以來都是我對不起你，結束吧。」我看著張洛勝說出這最後的道別，嚐到甜腥的血味在嘴裡瀰漫。

前面的男生回頭看我，一臉「妳是不是傻子」的表情。

胡莞晴這時回過神來，趕緊上前拉著張洛勝的手臂，後者的臉上表情複雜，他定格了很久才說話，聲音有點顫抖：「對不起，妳有沒有受傷？我不知道自己怎麼了，我真的很難過，我帶妳去醫院好不好？」

我站起來，試著微笑：「謝謝你，從此之後，就當我們倆不相識，這樣就好。」

話說完我沒有遲疑也沒有回頭往樓梯走去，剛剛那個男生問我：「還好嗎？我送妳？」

我搖頭：「不用了，謝謝你。」

慢慢地走下樓梯，走出麥當勞的大門，不斷往前走，抬頭挺胸沒有遲疑地往前走著，直到我覺得已經離開夠遠了才停下。

張洛勝沒有跟著我，那個男生也沒有跟著我。

靠在牆壁上，臉還發熱，按住發疼的腰側，我慢慢蹲下來。

而此刻，手機震動起來。

蕭謹中？

我接起電話，卻無法說出一個字，眼裡開始有淚水瀰漫。

「妳在哪裡？」蕭謹中問，我回答地點之後，他又說了句：「待在那裡別動。」

掛掉電話，眼淚開始撲簌簌地往下掉。

不久後，感覺到有腳步聲停在我前面，接著蕭謹中的聲音傳進耳裡：「您好，不好意思妳擋住人家門口，他們打電話請我來把妳移開。」

我笑出來，這就是豬朋狗友啊。

結果抬起頭讓蕭謹中看見的時候，他的臉瞬間垮下來，超級戲劇化的。

半小時後我坐在蕭謹中的沙發上，他拿著冰塊跟毛巾過來，惱怒地看著我臉上的紅腫：「無論如何男人不能對女人動手，動手就不對。」

「自找的咩。」我剛剛打電話跟經理請假，經理有點錯愕，碎碎唸說這不合規定啊，但還是讓我請假。

其實我知道經理也不是壞人，他可能以前也是苦過來的，所以覺得工作不就是這樣，有什麼做什麼，逆來順受，可是他不明白一個人的工作量有限，我不想為成全工作而犧牲生活中少得可憐的樂趣。

「什麼自找？」蕭謹中一向都是冷靜自持，聽到這句話有點生氣：「這種事沒有自找！」

「有時候害怕一個人的孤單，就拖人家下水，害人家溺水之後又不救他。人家生氣在所難免的。」我想了想，自己有空隙才會讓人趁虛而入啊，如果我不是還貪戀那些溫暖，也不會弄到今天這樣，在絕對沒有可能的狀況下讓對方依舊抱著希望很殘忍。

「以後就不要拖人下水了。」蕭謹中淡淡地說，轉身拿毛巾包住冰塊，膝蓋擦過我的髖骨，我痛得叫出聲來。

「怎麼了？」

「就……被打的時候撞到桌子。」

蕭謹中的臉色更黑了。「我看。」

「不能看。」誰給你看啊！我趕緊拉住衣服。

蕭謹中面無表情地瞪著我，眼神一如往常地冷靜自持……才怪！

唉，他生氣了。「真的沒什麼事情，我自己先看一下。」

因為今天穿的褲子是鬆緊褲，稍微往下拉就發現黑紫色的一整片瘀青。

「走，去醫院。」他拉著我就要站起來：「不知道有沒有傷到骨頭。」

「沒事啦，傷到骨頭還能動嗎？現在我只想休息啊。」我軟爛地躺在沙發上：「讓我休息讓我休息，蕭謹中很壞不讓我休息。」

蕭謹中聞言瞪了我一眼，咬牙切齒地說：「好，妳休息。」

他叫我躺好，把毛巾敷在我臉上，轉過頭拿了鑰匙又要出門。

「要去哪？」

「妳要是想知道，不如跟我一起去。」

「不要，我想休息。」不得不說蕭謹中的沙發真的很舒服。「你沙發哪牌的，我也想買一張。」

「那妳好好休息。」蕭謹中甩上門走掉。

我倒在沙發上，沒多久就睡了個唏哩呼嚕。

□

醒來的時候天色已轉暗。

而房間裡瀰漫著可怕的食物香味，香得足以讓人失去理智。

我像喪屍一樣爬起來跟著香味走進廚房，看見蕭謹中的背影，捲起袖子那麼專注地切菜炒菜，爐子上還燉著湯。

靠在廚房的門框上看著蕭謹中，心裡忍不住感嘆這樣的男人怎麼會交不到女朋友，一定要趕快幫他介紹，讓他找到可以廝守終身的好女孩。

「沒想到你會煮飯啊。」

蕭謹中回頭：「醒了？還痛嗎？會不會有哪裡不舒服？」

我指著肚子：「這裡不舒服，總是咕嚕咕嚕。」

「知道，妳先去客廳坐著休息。」

踱步回到客廳，蕭謹中的生活環境布置得很不錯啊，採光好，家具都俐落簡潔，地板也一塵不染，真是出得廳堂入得廚房。

坐在沙發上拿出手機，打開 line 訊息爆發，光是張洛勝傳的訊息就有好幾十條，是整個下午都沒在上班一直在傳訊息的意思嗎？

「千梓，對不起。」

「我真的是一時過於激動，不是故意的。」

「妳還好嗎？我去看看妳好嗎？」

諸如之類的道歉跟擔心訊息，還有最後的自暴自棄訊息，我看完之後，什麼也沒回，默默地把訊息都給刪除。

何家須也有傳訊息來：「哈囉，下午封測走不開，蕭先生有接替我去照顧我心愛女友嗎？」

雖然我心裡無比感動，還是回了鬼臉給他，這樣才像我的風格。

接著蕭謹中的對講機響起來，管理員室打來的，說有訪客，一看鏡頭是何家須，就請管理員室讓他上來。

沒多久之後我打開門，迎接何家須經歷封測後的一身風霜。

「下班啦？」我貼心地接過何家須的外套掛好。

「唉唷妳這是小妻子等門呢，我好開心。」何家須一把抱住我。賞了他一個正中直拳，何家須還哇哇叫：「我們可是在健身房山盟海誓過的，妳怎麼可以背棄我？」

此刻蕭謹中從廚房走出來，還端著鍋熱呼呼的湯，他看著何家須：「吃飯。」

「今天可真是幸福，吃到蕭少爺替我煮的飯，也不知道是沾了誰的光呢。」

蕭謹中瞪了他一眼：「來拿碗。」

何家須跟著蕭謹中往廚房走，兩個人交頭接耳地不知道在說什麼，我沒仔細聽，回到沙發上繼續看我的手機。

「低頭族，給我站起來，去廚房端菜啊，真以為自己是客人呢。」何家須拿著碗筷走回來。

覺得不好意思正要站起身，蕭謹中按住我：「坐。」

接著他望向何家須：「她今天被那男的打，臉腫起來沒看見？」

「真假？」何家須驚叫：「這麼精采的場合我竟然錯過了，啊好想去現場感受一下氣氛，他怎麼打妳的，是猛虎起手的打，還是心碎了無痕的打，還是嚇唬——」

「何家須？」蕭謹中冷冷的聲音響起：「注意你的心態。」

何家須聳聳肩膀又往廚房走，兩個人低聲不知道說些什麼。

不知道為什麼，在這些人的身邊我就覺得好安心，當初為什麼失心瘋偏要招惹不認識的人呢。

感覺如果把生命交給他們，他們也不會任我靜靜消失，有這些朋友真的是我上輩子修來的福氣，不然這輩子依照我這種孤僻又不喜歡辯解的性格，應該是很難在世上存活。

等到香噴噴的菜都上桌，唾液分泌系統簡直瞬間崩壞，桌上清一色排開有糖醋里肌、清蒸鱈魚、清炒花椰菜、高麗菜苗，還有那鍋香噴噴的雞湯，根本就是來到餐廳啊。

面對這些誘人的菜餚，我突然想起：「對了安雲呢？怎麼沒約她？」

「她今天有工作，駐點雲林。」蕭謹中簡單地回答。

「雲林？」何家須開始盛飯：「我還以為她的工作棚拍比較多，沒想到跑到雲林去。」

「她只說今天在雲林工作，也沒多說什麼。」蕭謹中幫我添了飯遞到我面前。

「謝謝。」我感動地看著蕭謹中。「你真的是暖男，為什麼交不到女朋友，快告訴我你喜歡誰，我一定去逼她點頭！」

何家須突然把飯噴出來，噴得我一頭。「喂！你髒死了！」

我趕緊走向浴室，邊走還邊罵：「豬八戒何家須，吃個飯也吃不好！」

清理完畢回到現場之後，氣氛很靜默，大家安靜地夾菜安靜地吃飯，遵守老祖宗「食不言寢不語」的規範。

因為太靜了我有點不習慣：「怎麼不說話？」

「我肚子很餓。」何家須聽完之後又喝了碗雞湯。

「妳多吃點。」蕭謹中則是往我碗裡放了塊肉。「平常自己一個人也不知道吃些什麼，面黃肌瘦的。」

「才沒有！紅潤得很好嗎？」我貼近蕭謹中的臉：「你給我仔細看，哪裡有面黃肌瘦。」

何家須大聲地咳嗽起來。

我轉頭看他：「你不舒服嗎？又是噴菜又是咳嗽的。」

「沒……沒有。」他又開始喝湯。

「你不要喝光我的湯，我還沒喝啊。」我趕緊阻止他。

晚飯後，我酒足飯飽地躺在沙發上，心想著要怎麼樣才能每天來蕭謹中家蹭飯。

何家須跟我一起躺在沙發上揉著圓滾滾的肚子。「說真的，工作辭一辭。」

「今天提過了。」我悶悶地說。「經理不願意。」

「還有不給辭職這回事？大不了妳薪水不要，想走還有走不成的道理嗎？」

「薪水很重要的，親愛的男朋友。」

何家須豪氣萬千地看著我：「自己的女朋友，自己養！」

「那我就靠你了。」

「可惜妳不是我的女朋友。」何家須搖搖頭：「太可惜了。」

我又揍了他一拳，何家須大叫：「哪有這樣的，妳今天怎麼不打那個誰，偏來打我。」

「唉唷我想說當成還他這些年的委屈。」

「這些年我也超委屈的啊，妳怎麼不還我？」

「委屈什麼啊你？」

何家須戲精上身，他捧著心用痛苦的語氣說：「妳這個可惡的小東西，妳難道不知道我的委屈我的辛酸我的眼淚都往肚裡吞嗎？妳沒有看見我的靈魂我的真心我的每分每秒都為妳煎熬嗎？」

「蕭謹中快來幫我打他。」

正在洗碗的蕭謹中淡淡地回了一句：「沒空。」

「蕭謹中好無情啊嗚嗚都不陪我玩。」

講完後何家須看了我一眼，然後說：「妳真的很笨耶，又笨又遲鈍。」

「你才笨！」我氣得又打了他一拳。

「打人喔，警察快來，豬隊友惱羞成怒打人囉！」我邊打何家須，他邊抵擋邊還手，我們呈現一種小學生打架的姿態，非常狂放而幼稚，可是我卻覺得今天的陰霾被消除了大半。

原來我以為孤單的自己，還有朋友。

而這種朋友，無論發生什麼事，都會在身邊陪伴你。

04

今天特別提早半小時進辦公室，為的就是怕大家眼神集中在我身上，早點進來可以早點工作，不用忍受進門之後一路尾隨的眼光。

不過顯然張洛勝跟小美女就沒有那麼幸運，他們進辦公室的時間比較晚，而且是一前一後同時出現的，這增加了其他人關注焦點，連我都忍不住抬頭看。

我的臉經過昨天蕭謹中的努力加上秘藥加持，只微微呈現腮紅畫太大片的感覺，倒是胡莞晴紅腫的雙眼非常明顯，成為眾人聚焦所在。

辦公室裡雖然私語不斷，不過倒也不會白目到真的去追問，其實私領域的事情原本就不應該成為話題，不論是誰愛誰或是誰外遇，誰有多麼精采，都不應該成為辦公室的焦點。

沒多久經理來了，把我叫去他的辦公室。

「那個，新的資料今天會送進來，開始要處理了。」

「經理，我真的沒打算要接，不可能做得完。」

「妳沒做妳怎麼知道？」

「那經理你來吧，這次你自己完成這個工作，你做完覺得這對人來說毫不勉強的話，我就做。」

經理沒有回答，接著嘆了口氣：「我知道妳很辛苦，但是加人總公司那邊是不會通過的。」

「我沒打算讓經理加人，我是打算離職，請趕快找人來接替。」

「說真的，妳也不要意氣用事，都做三年了，明年我一定幫妳調薪水。」

「根據公司規定，我一個月前通知你要離職就可以了，我昨天已經說過要離職，下個月十號我要走人，經理趕緊找人吧。」

說完之後我不等經理回應接著說：「經理我心意已決，什麼都不要再說了，謝謝您這幾年的照顧。」

任性也好、不負責任也好、說什麼都好，我就是不想再被當成好好小姐，好像什麼事情只要說出來我都得做到。

回到自己的座位上開始製作交接資料，從總機、會計到人事訓練、流程、各項資料製作都詳細地記錄好，準備交接給下一個世界無敵大倒楣鬼。

以前工作總帶著夢想，覺得自己總有一天會有什麼樣的成就，但是這幾年的工作只讓我覺得很疲倦，看不見未來。成就更別說了，最大的成就就是我挑錯字的功力變得超厲害，是不是應該去應徵校對之類的工作？

不斷地在製作相同的資料，不斷地糾正相同的錯誤，為什麼對方可以同樣的錯誤犯一百次講也不會改，我卻要忍受這樣的錯誤呢？

也曾經想像韓劇一樣有一起奮鬥的辦公室伙伴，也希望有美好的相遇，但是韓劇不是人生只是理想。

我最後沒有辦公室伙伴，也沒有美好的戀情，在辦公室獨自一人工作，終於還是得面對某些不得不的醜陋，不得不的愚蠢，還有不得不的流言。

而面對這些愚蠢的事情，還要一次又一次幫著圓謊幫著善後，最後還硬要將根本無法負荷的工作量強加上來，實在讓人忍無可忍。

所以選擇了離開，說是逃避也好，總之所有的事情我都不想繼續，這裡沒有溫暖。

看著電腦跟手邊堆積的資料，才發現要交接的事情多如牛毛，也才默默地佩服自己真厲害做了這麼多事情。

這時候還自戀是不對的吧。

就這麼忙到中午休息時間，肚子咕嚕咕嚕地叫，逼不得已才停下手中的事務，還有一大堆還沒弄好啊。

隔壁辦公室空無一人，連留守的都沒有，相較之下我常在辦公室留守接電話好像笨蛋。

但也要到這時候，才覺得辦公室的空氣輕鬆起來。

為什麼有人的地方就有是非？其實這工作也不算太爛，雖然最後幾天要結算資料的時候會很忙，但其他時間，經理都讓我自由，不需打卡，偶爾遲到經理也不會唸我，要不是因為這兩個案子衍生而來急遽增加的工作量，說不定我真會在這裡一直待著。

但人生總是有許多轉折，很多時候當妳覺得生活平穩安定好像這麼活下去也沒什麼不好，就會出現挑戰自己意志的事件，像是因為突如其來的軟弱而利用他人感情，像是因為突如其來的清醒所以覺得對方很煩想擺脫他，好啦說穿了就是我很自私，大家都罵我吧。

走路到之前常去的咖啡簡餐店，一進門老闆認出我，就說：「很久沒來喔？」

「對啊。」

「一個人？」老闆挑眉。

「一直都是啊。」我攤手。

「糟了，那我之前看見的是鬼嗎？」老闆故作驚訝，接著我翻白眼給他看。

「我要一個超好吃老闆推薦主餐，不要魚不要牛肉不要內臟類！飲料要咖啡。」

「那沒有東西可以吃了啊！」換老闆翻白眼。

「亂說！好好地煮吧。」

老闆笑得花枝亂顫（？）之後進廚房去。他是很有個性的老闆，經營店鋪的心情非常帥氣又任性，心情好的時候就會賣裝飾得很華麗，好像材料都不用錢，一個鬆餅上放了十幾個超大草莓，心情不好的時候他就說今天沒鬆餅，晚上九點後會自己在吧檯喝酒。

總之這種味道的店最對我胃口，坐下之後無聊地看手機，發現何家須又傳了垃圾話像是寶貝我好想妳之類的。

看完何家須的訊息突然發現蕭謹中也有傳，提醒我如果撞到的地方還會痛要記得去給醫生檢查。

真是個暖男！簡直暖到世界盡頭去了！

好啦我知道中文爛根本也說不出什麼恰當的形容詞，但他也算是有情有義肝膽相照盡心盡力拔刀相助的好朋友。

突然想到，大家在一起總是快樂，說些快樂的事情，不過當我遇見不開心的難過的事，總是會找他們訴說，而他們的不快樂為什麼沒有找我訴說呢？

仔細想想，還真的很少遇見大家對我吐苦水，頂多聽聽安雲講拍照時碰見奇怪的攝影師、奇怪的經紀人、奇怪的飯局介紹人這之類的，真正關於生活的事情，關於愛情的事情，他們好像都沒提過。

難道是因為他們都單身？一點愛情的徵兆都沒有，果然臭味相投。

好啦我知道自己也算單身，但我這狀況比較特別，普通人沒有像我這麼壞，不是很喜歡人家還會給對方希望貪求對方的照顧，唉。

好了越想越沮喪，我到底是什麼樣一個爛人啊。

「來，吃飯。」此刻老闆端上熱騰騰的中飯，極其普通的餐盤內，裝著小菜三碟、非常有誠意的滷肉飯一大碗、超好喝每日例湯與今天的主餐。竟然是宮保雞丁、迷迭香豬小排與滑蛋蝦仁三合一特級組合啊！！

「今天特別幫妳把平常愛吃的都放進來，開心點啊。」老闆頗有深意的講完之後默默走開。

而我盯著眼前餐盤裡的這些菜色，感受到了溫暖。

其實跟老闆也不算太熟，偶爾講講話，詢問他店裡的狀況，看他收店很累有時也會跟他聊聊天，沒想到他竟然記得我喜歡吃什麼嗚嗚老闆我以後沒有工作可以來打工嗎？

這世界除了那些烏煙瘴氣的沮喪，還是有溫暖的關懷。

為了回報這份溫暖，還是先拍食物照好了，回家寫部落格幫老闆宣傳一下，儘管我部落格訂閱人數寥寥無幾，也算是我的心意。

「好好吃啊。」吃的時候忍不住邊落淚邊吃，為什麼這家店沒有大紅大紫呢？這明明比每天都在排隊的什麼韓國炒雞好吃多了啊！

之前張洛勝帶我去吃據說非常有名每天都要排隊到天荒地老的韓國料理店，結果就是普通的雞腿肉加上只要有朋友去韓國就可以買到的韓國辣醬跟泡麵，搭配少許年糕跟青菜，撒上一大堆起士，我吃了幾口發現肉沒熟，請店員來，他也只是蓋上蓋子再開火燜，接著出現的部隊鍋也極其普通，絕對普通，普通到不知道該說什麼形容詞才好，我不如回家拿包韓國泡麵來自己煮，說真的我不知道為什麼那家店總是排隊，不過我也不願意現在這家要排隊就是了，這是我的獨門小店，才不要讓很多人知道。

這下子就知道我對吃的怨念有多強大，因為從很久以前就是自己一個人，所以為了省錢，我老是在看網路上的教學影片，阿基師詹姆士吳秉承古錐師都看得滾瓜爛熟倒背如流，雖然廚藝沒有什麼起色，但也算是一種成長。

現在世界流行是種名牌，它像標籤一樣貼在人身上，什麼這麼有名的韓國料理妳也沒吃過？怎麼那麼遜？但其實有更多道地的韓國料理，我只是不懂為什麼排隊就叫好吃啊！至今排隊的店，很多都是我心目中的絕對不想再去店家口袋名單。

不過實話說出來總是傷人，所以我絕對不在網路上批評任何一家店，現在世界太險惡，我頂多就自己默默地寫在記事本，也絕不會去亂給人家負面評價，省得惹麻煩。

心滿意足地吃完午飯，望著面前清空的盤子，心中呈現一種幸福美滿的狀態，果然食物能撫慰人的心靈。

「好多了嗎？」老闆正在專注地煮咖啡。

「好好吃。」我完全文不對題地回答。

「哈哈哈，開心點，人生很長，老闆我遇到那麼多挫折，還不是全年無休拚了命開店，別太難過。」

老闆顯然誤會了什麼，不過也不打算跟老闆解釋，內心深處應該還是怕自己暴露自己利用別人感情的過去。

就讓老闆以為我失戀很可憐的變成單身吧。

吃完飯恢復元氣之後，下午回到公司又開始平常辦公作業，順便在交接資料中補缺項，想到什麼寫什麼，免得到時候接手的人覺得無所適從。

徹底地想和張洛勝斷個乾淨，好讓小美女能夠安心，想也知道喜歡的男人在自己面前說比較喜歡另外一個女人時，她的心裡會有多難過，如果我能離開這個辦公室，或許也能讓他們兩個開花結果，說到底，離開這個環境離開這個男人面前，應該是幫助他遺忘的好方式。

那天過後我就再也不讀他的訊息，希望他能夠知難而退。

一切都是我不好，不過我也已經付出代價了不是嗎？

以前也是被父母捧在手掌心長大的，回家之後推開家門，總是有熱騰騰的飯菜跟溫暖的笑容在等待，然後，相愛的兩個人不像童話故事般永恆而是因為愛情褪色而選擇分開，我跟著母親，看著她悲傷的面容，看著她在悔恨跟痛苦中持續想要露出笑容撫慰我，我還在跟她相依為命的狀態下，以為我可以站在女兒的位置照顧她陪伴她，雖然沒有愛情，但是我能給她很多很多的愛。

但我沒有發現她的微笑背後那巨大的痛苦。

還記得那個陽光炙熱的下午接到電話的瞬間，溫度降到零下。

她選擇結束自己的生命，結束無止境的折磨。

到最後送走她，爸爸都沒有出現過，連給我句話都沒有。

我至此知道自己必須一個人生活，一個人完成所有事情。

愛情，說消失就消失，最後連一點點懷念都不會留下。

為什麼人們要前仆後繼地往下跳？今天愛得濃烈，或許明天轉眼就消失，不可靠的，人生只有自己是可以陪自己到最後的，為什麼要給別人機會傷害自己呢？

至少我傷害別人自己不會痛。

連何家須這種毫無節操的人都說我的價值觀很扭曲，很悲傷又很可憐。

而這些經歷終究只有我自己瞭解其中的痛，又有誰能夠知道這背後所有的起伏。

就讓我這麼自私，我只是不想要為了別人而痛苦。

就讓我一個人到死，或許不用牽連著別人跟我沉淪。

那麼奢望被愛著，如果有天不被愛著，會怎麼樣？

所以害怕，所以不願意面對，不願意付出，不願意站在弱勢的一邊，希望對方愛我。

望著遠處的天空似乎有山雨欲來的趨勢，心裡也無端端地滿佈烏雲，交接的路途好像越來越遙遠，沒有新人替補的話，我真的可以就這麼離開嗎？

那麼多人靠著這些微薄的薪水養家，我真的可以都不管他們一走了之嗎？

這辦公室大多數人都覺得我忘恩負義吧，明明是看起來很閒的職缺，上下班不用打卡，週休二日，薪水也算不錯………

想到此時電話響起，是經理打來的：「明天開始會有新進人員跟著妳學習辦公室事務，妳要好好教。」

「是的。」

放下電話之後，看著電腦螢幕的交接資料，稍稍喘口氣。

人生離開既定軌道的第一個齒輪開始轉動，希望能有更好的方向。

□

隔天八點半新人應該出現在辦公室，我卻左等右等等不到人，打電話過去，她不疾不徐地說：「會晚半個小時喔。」

雖然覺得好像有哪裡不對，我還是等她來到辦公室。

等到九點半，伴隨著辦公室門被推開的瞬間，一股濃濃的香水味衝進辦公室，我不誇張，整個辦公室都抬頭往門口望去。

新來的行政助理穿著高跟鞋，用充滿節奏的噠噠聲，配合著她姣好的韓式妝容，開始了她上工的第一天。

「早，妳是吳小姐嗎？」這聲早我講得有點勉強。

「我是吳清荷，不好意思剛剛塞車所以來晚了些。」

「沒關係，那我先帶妳熟悉一下環境。」

其實辦公室也不大，介紹完環境之後我開始要進入正題，打開電腦螢幕開始介紹工作內容：「其實事情不是很複雜，大約要負責內容就是這些，當然要記得每個月的月底要核對各處交上來的時數表，才能核對薪資，這部分算是工作的核心，其他的事情依照我所寫的注意事項去辦理，應該沒有太大的問題。」

「感覺好複雜喔。」吳小姐咬著下唇：「妳為什麼不做了啊？」

一上來就問這種充滿針對性的問題，雖然意外我還是規矩地回答：

「我有其他的人生規劃。」

「妳要結婚了嗎？」吳小姐突然很開心地抓住我手臂。

「不……不是。」我有點驚嚇。

「喔。」吳小姐顯然有些失望。中午休息時間，我本來想帶著吳小姐到公司附近走走，介紹些便當跟簡餐，免得她之後開會要訂便當會有些不知所措。

不過她說她中午有約，不好推辭，我也只好自己去吃飯。

其實應該要習慣只有自己的生活才對，這樣才能過得比較輕鬆，才能不被束縛著。

望著蔚藍的天空，希望自己的心情也能像天空一樣開闊起來。

吃完飯我提早回到辦公室等吳小姐，沒想到她到了下午兩點還不見人影，趕緊撥她的手機，該不會是在附近迷路或是有什麼狀況。

響了很久，吳小姐終於接電話。

「請問是吳清荷小姐嗎？我是羅千梓，今天早上——」
「不好意思，你們那邊感覺工作很累，我還是不去了，先這樣喔，掰掰。」
然後她就掛電話了是的。
我拿著話筒一時之間反應不過來，現在流行這樣的？突然就不來了也不通知一下？
走到經理辦公室門口敲門，經理看我進去問我怎麼了新人還好帶嗎？
「經理，吳小姐剛剛說她不來了。」
「啊？」經理一頭霧水。
「我看兩點了她還沒回辦公室，所以打她手機，她說感覺工作內容太累所以不想來。」
「怎麼會有這樣的事？我來聯絡看看，妳先出去。」
走回座位上，調出今天給吳小姐看的資料，有哪裡看起來很難嗎？都還沒開始做，只是看資料就覺得很累嗎？
幾分鐘後，經理臉黑黑的走出來說：「我盡快找人，真的找不到的話，妳還是可以頂一下吧？」

「我……」

「好了好了，共體時艱。」經理拍拍我就飄然離開了，來無影去無蹤。

共體時艱？你怎麼不說相忍為國呢？

我繼續整理離職資料，管你的時間到我走人，你自己去做，共體時艱？那我加班的時候你怎麼不共體時艱？你加薪怎麼不跟我共體時艱？好了我知道我又亂用成語，但我就不開心。

下班時間一到，蕭謹中電話準時響起，跟老媽子一樣問我中午吃什麼會不會累受傷的地方好點沒。

「都好都好，沒事。」

「下班了嗎？」

「剛要走。」

「我去接妳，二十分鐘樓下等我。」

「二十分鐘我都到家啦，不用來。」

「我是接妳去我家吃飯，好了等著，我開車。」

然後蕭先生也掛電話，怎麼今天大家流行掛我電話？

不行，我一定要找個可以掛他電話的對象，想想撥了何家須電話。

「怎麼了？寶貝。」何家須講電話口氣不三不四的。「可是想為夫了？為夫心裡高興，但為夫不說。」

「神經，晚上要不要去蕭謹中家吃飯？」

「要慶祝妳分手嗎？」

「他等下來接我，你來不來啦。」

何家須停頓了幾秒：「我很愛惜生命的，還是不去吧。」

「說什麼啊聽不懂，還是吃完飯我們去健身房看你的心上人？」

「那才不是我的心上人，而且誰吃完飯去健身房啊想吐出來嗎？」

「反正我不管，你不來就慘了。」講完這句話我爽快地掛了電話，耶！終於輪到我掛別人電話了開心。

講完之後發現張洛勝鬼魂一樣站在身後，我嚇得連連後退撞到置物櫃。

「妳……還好嗎？」他略微遲疑地開口。

「我很好。」

「真的很抱歉，我——」

「你不要再說了我也真的很抱歉，總之大家這麼抱歉來抱歉去的不是辦法，不如我們都原諒對方，然後重新開始生活。」

「千梓……」

「洛勝！」此刻，張洛勝身後出現嬌滴滴的嗓音呼喚他。

果然是胡莞晴，她走過來拉住張洛勝的手：「不是說要去吃飯?」

雖然帶有示威含意，但我非常滿意胡莞晴的作法。「是啊你們快去吃飯吧。」

喜歡一個人究竟可以到達什麼樣的境界，明明知道對方還在意另一個女生，卻還是無條件地喜歡他，想要跟他在一起，那是什麼樣的心情啊?我不懂。

「妳不懂愛，是因為妳還不夠愛一個人。」想起之前何家須在我跟前男友分手之後對我這麼說。

意思是如果愛一個人，就連對方喜歡著別人這件事情也會無視嗎?

望著胡莞晴跟張洛勝離開的背影，看著胡莞晴勾住他的手，用仰望的眼光看著張洛勝時，我想著自己有沒有這樣用這種眼神看過張洛勝，這種充滿期待，有點生氣卻又捨不得生氣，嘟著的嘴唇雖然想表現怒意卻掩不住上揚的笑容。

沒有，一次也沒有。

即便是兩個人互相喜歡而在一起的日子裡，我只記得他走在我背後或身旁的腳步聲，卻沒有這樣充滿溫柔情緒的看過他。

「張洛勝！」我叫住了他。

他兩人停下腳步，帶著各自不同的情緒看著我。

「再見。」我帶著微笑，像是突然明白了什麼：「希望以後見面我們都能各自幸福。」

胡莞晴鬆了口氣的表情很是可愛，張洛勝則是欲言又止地抬起手，卻又頹然地放下，接著轉身離開。

希望他能放下，也希望我能夠找回獨自一人的幸福。

或許是最後幾次，我還顧著空無一人的辦公室，突然覺得有些離別的情緒，但只是瞬間就被拋到腦後。

對於不該眷戀的事物，該斷當斷。

05

走出大廈門口，就聽見有人按喇叭，一看是蕭謹中的車。

「你到樓下了怎麼不打電話給我？」

「我剛來……」蕭謹中話講到一半突然打住，接著打開門下車。

「你要做什麼？」

「上廁所。」

上個廁所而已有必要連話都不說完嗎？難道是很急？拉肚子？

我鎖上車門，這年頭壞人很多，不上鎖萬一有人趁這時候開門來搶劫就糟了。

拿出手機看一下時間，本來想撥電話給何家須，結果轉頭一看，蕭謹中跟張洛勝正面對面說話，兩個男人互相不太友善地凝視著對方。

啊？！這是什麼狀況？！

趕緊開鎖想要衝下車，結果被安全帶卡住，手忙腳亂地解開後蕭謹中一臉沒事的走回來，待在原地的張洛勝表情有點複雜我不會解讀。

「怎麼了？」

「沒事，勸了他幾句。」

「你認識他？」印象中沒見過啊他們兩人。

「看過幾次。」蕭謹中真是惜字如金啊。

我狐疑地看著蕭謹中：「勸了幾句？」

怎麼可能勸他什麼，昨天還氣得半死今天就能勸他？絕對是去威脅別人的，絕對。

蕭謹中是著名的悶葫蘆，他不想講的話，怎麼都問不出來，我雖然一路旁敲側擊地詢問，卻什麼答案也沒得到。

等下把這事情告訴何家須，讓他來處理好了。

蕭謹中到家之後叫我先休息，他去備飯。

不知道為什麼在蕭謹中這裡總是覺得好放鬆，坐在沙發上就覺得想睡。

睡夢中好像聽見有人輕輕地說：「你這樣再三百年她也感受不到。」

「那就等吧。」

「你！你真是氣死我了，到時候又要眼睜睜地看她——」

「不會。」

好像夢境，但這聲音彷彿就在身邊，我懶得繼續思考，又繼續陷入黑暗中。

不知道過了多久被大力搖醒：「睡美人！地震啦，快逃啊。」

我揉揉眼睛看清楚面前的人：「胡說八道啊何家須。」

何家須嗤之以鼻：「在那裡睡大覺等別人煮飯的傢伙沒資格說我，看看我的手，洗菜洗碗洗到變粗了。」

這時才聞到濃濃的香氣，瞬間喚醒全身所有細胞，啊，真是餓了。

從沙發上站起身來直接往飯桌走，被何家須一把拉住：「規矩規矩，去洗洗臉看看頭髮成什麼德行了妳這是……」

「唉唷。都已經老夫老妻了還管造型嗎？」我對何家須吐舌頭。

「妳這德行誰要跟妳老夫老妻啊，去洗臉。」

「蕭謹中救我。」我胡亂對著廚房方向鬼叫，蕭謹中探出頭來一看：

「嗯，洗洗臉好。」

「哼。」我走進洗手間一看，頭髮亂得不成樣子，臉也睡到有壓痕，唉，膠原蛋白果然開始從我身上流失了。

整理好之後走出來，飯桌上已經是滿滿的菜餚，連飯都盛好了，還熱騰騰地冒著白煙，何家須跟蕭謹中兩個人坐在飯桌前等我，這畫面突然擊中我心裡某個地方，我只能站在原處動彈不得，眼眶一熱，眼淚就不聽使喚地流出來。

我曾經多麼希望，多麼希望能再次擁有這樣的情景。

「喂！好端端的妳幹嘛？」何家須走過來抱住我，大手猛拍我的背：「痛痛飛走了，痛痛飛走了。」

這什麼啊？！聽見何家須安慰人的話本來想笑又覺得丟臉，正在掙扎的時候突然聽見「砰！」地一聲。

蕭謹中手掌按在桌面上，飯碗倒了，接著他站起身走進房間關上門。

現在換成我丈二金剛毫無頭緒的站在原地，眼淚也嚇得縮回去。

「怎麼了？」我問何家須。

何家須翻白眼：「你不會自己問他喔。」

「怎麼問？」

「用嘴巴問。」

何家須說完之後自顧自地拿起飯碗開始慢條斯理地吃飯：「大家不吃飯我來吃飯，又切又洗的幫忙，手都變粗了，好歹我沒功勞也有苦勞……」

不理會何家須的碎碎唸，我走到蕭謹中房門前敲了敲，一會兒之後他沒回應，我又敲了敲。

回頭看何家須，他打開電視正在看鄉土劇，一副不關他事的模樣。

正準備繼續敲門，門開了，蕭謹中不等我問就說：「妳怎麼了？」

耶？這問題不是應該我來問嗎？我又不是拍桌子甩門關進房間的那個人。

「為什麼哭？」

其實他不提我都忘記自己剛剛突如其來的感傷了。

「就……人嘛，難免會緬懷過去什麼的，想起以前回家媽媽煮飯給我吃的畫面，雖然她的手藝很差，但想起來還是覺得很溫暖。」我揉揉鼻子：

「好多年沒有感受到這種有人等吃飯的溫馨，所以心裡有點感觸而已。」

「好。」

好？好什麼？

接著蕭謹中走向餐桌，一臉沒事樣把翻倒的飯碗拿起來開始吃飯。「妳也來。」

我依然不知道事情為什麼會變成這樣，但最後可以吃飯好像結局還滿圓滿，只是這從頭到尾都是什麼樣的情形啊？

不過這些困惑在拿起飯碗看著桌上的菜時全都消失殆盡，肚子咕嚕嚕地叫著，因為聲音太響亮，何家須忍不住轉過頭挑著眉：「天啊妳是有多餓？」

我不好意思地笑笑，突然碗裡多了一大塊排骨。

蕭謹中說：「快吃。」

何家須也開始往我碗裡夾菜：「吃吧我的小寶貝。」

然後他們倆輪流比賽夾菜，我都不知道自己的碗竟然還可以拿來玩疊疊樂。

唉，幼稚不分年齡啊，我起身走到廚房，拿了個超大碗公回來把碗裡的菜都夾過去：「兩位，我想，我的菜已經夠多了，你們自己吃飯吧不必忙。」

這時候他們兩個正在互相吹鬍子瞪眼睛，真是有毛病。

「吃飯吃飯。」我拍拍手學日本人大喊：「開動啦。」

酒足飯飽之後，何家須坐在沙發上繼續看鄉土劇，我則是很盡責的收拾碗筷拿到水槽開始洗，蕭謹中在一旁慢條斯理地泡茶，接著問我：「要不要搬過來？」

「啊？」我想除了這答案也想不出其他字眼，這又什麼狀況？今天是機智問答的情境劇嗎？

「昨天剛好看見樓下要出租，問了一下，比妳現在租的便宜。」

「你這社區的房子比我那裡便宜？該不是凶宅吧？」我聳聳肩。

旁邊何家須突然笑出來，轉頭一看他又認真地看著電視。

「不是，環境不錯，搬過來嗎？」

蕭謹中你能不能講得清楚點？

「可是我沒看過房子，而且現在租的那間還有三個月才到期，搬家也是一件大工程……這社區要管理費吧？接下來我沒工作……」我開始想著之後沒工作怎麼辦。

蕭謹中又問：「搬吧，那裡他知道，不好。」

這下子我聽懂了，他的意思是說張洛勝知道我住的地方，他覺得有安全上的疑慮。

是說跟蕭謹中講話需要無比理解力才行。「喔，不過我這房子還要三個月……」

「放著就好，人搬過來，搬嗎？。」

「可是這樣我房租不就要交兩邊，這樣我的薪水……」我拿出手機開始算，其實這樣也好，我也怕如果離開公司，張洛勝找來家裡會有些麻煩，但這樣想會不會有些太自作多情，自以為人家有多喜歡我。

蕭謹中一把拿過我手機：「我來，搬嗎？」

「耶？不可以的，哪有平白無故讓你付房租的道理？」

「不然你之後來我店裡工作，從薪水扣。」

「你店裡？」

何家須往後倒在沙發上，手還抯著旁邊枕頭。

鄉土劇那麼好笑嗎？我探頭想看，卻被蕭謹中拉住：「好嗎？」

「我考慮一下。」

□

過了幾天，經理終於找到另外一個通過面試願意來上班的女生。

經過吳小姐的前車之鑑，我這次不敢把整個檔案印出來給她看，只讓她每天知道應該要學習的進度，慢慢的把工作進度交代給她，總算是勉強度過最危險的第一個星期。

在陪著新人的過程中，我才慢慢放下那些擔憂，和自己背叛了這個新人的罪惡感，現在我陪著她，以後卻要讓她自己面對那些龐大的工作量，我不過是離開一個無法負荷的工作，卻好像把這些沉重的擔子全都丟給下一個倒楣鬼。

離職的日期越近，我卻好像沒有本來那麼愉悅的心情。

張洛勝……最近都沒有再跟我說話，希望隨著我的離開，也能夠讓他不那麼難堪。

畫下一個句點，成為另外一個故事的起點吧。

我在這個故事裡或許不是主角，或許不是最重要的那一位，但是在下一個故事，或是下下個故事，總有一天，會等到那個重要的角色。

張洛勝的那巴掌在某種程度上也算打醒了我，打醒那些以為被愛就是幸福的畫面，如果不是正確的人，怎麼樣的寵愛都不會成為幸福。

下班回家的路途上，邊騎車邊想這些事情，一時沒注意到前方突然右轉的汽車，砰地撞了上去，記得好像飛離了機車，等到意識過來的時候，已經躺在地上望著烏雲密佈的天空，好像有什麼熱熱的液體在身邊流動，聽著耳邊傳來喇叭聲，人們的尖叫聲，然後是救護車的聲音。

接著畫面一黑，就什麼也聽不見了。

最後的念頭是如果人生結束在這裡也太慘了，我都還沒有談過像樣的戀愛，這麼年輕漂亮就死了該怎麼辦。

希望下輩子也這麼漂亮，有很相愛的爸媽，很多兄弟姊妹，談場像樣的戀愛，家庭美滿……

不知道過了多久，等張開眼睛醒過來的時候，腦袋還沒清醒，但好慶幸自己還能醒，全身都痛也無所謂了，只要還能活著就好。

「醒了！」何家須的聲音。

接著是腳步聲接近：「千梓。」

這是蕭謹中。

「嗨……」我有點困難地開口，聲音乾啞得好似巫婆。

「認得我們嗎？」何家須的大臉突然在眼前特寫。

「走……開，何家須。」

「不錯，聲音挺有元氣的。」何家須在我眼前咧開大大的微笑。

「你別鬧她。」蕭謹中拉開他：「妳知道發生什麼事情嗎？」

「撞到車？」

「根據目擊者說法是對方沒有打方向燈突然右轉，導致妳撞上她。

我已經請律師過去警局處理了，後續我來負責，妳放心休養。」蕭謹中面無表情地看著我：「我去跟醫師討論一下妳的傷勢跟後續的治療，妳先休息。」

接著蕭謹中離開，我勉強抬頭看了一下四周，單人病房啊，出院結帳肯定要哭出來。

「休息一下。」何家須撫著我的頭髮：「真不知道妳是怎麼回事，怎麼老是讓人擔心。」

「我也不知道。」我想伸手掩住臉，卻發現手痛得要命。

「對不起。」不知道為什麼講完這句話就開始哭，真的好難過，這麼多事情接踵而來，連喘息的時間都沒有，一直在給朋友添麻煩。

「別哭。」何家須的大手劃過，擦掉我臉上的淚。

「對不起……」我好像只會說這句話了。

「妳怎麼這麼不懂得生活不懂得照顧自己，朋友看了會很難過的，連我都忍不住心疼了。」何家須撫著我的頭髮：「要不？為妳破例一次好了？」

我看著何家須，連翻白眼的力氣都沒有。

「是妳的話，我願意試試看。」何家須的臉靠近我，呼吸聲清晰可聞，他淡淡的香水味傳進鼻腔。

「好啦我還沒那麼想不開，下次吧。」

「謝謝……你喔。」

「全身都好痛啊。」

「傷勢可精采了，左手腕骨折，輕微腦震盪，加上挫傷擦傷一大堆，我看妳得躺一陣子。」

「臉沒事吧？臉很重要的。」

何家須翻白眼：「臉倒是沒事，腦子壞了。」

「等我恢復健康，絕對會去勾引那個健身教練。」

「哼，我才不介意。」

雖然是這樣的垃圾對話，卻讓人覺得不那麼沮喪了，感覺所有的壞事都在最近接連爆發，難道是很流行的水星逆行？難道是太久沒去拜拜？難道是卡到……

謝謝這些沒有營養的吵嘴停住了眼淚的開關。

沒有誰是生來堅強的，每個人之所以能夠堅強都經過無數苦難的磨練，我常常把回憶裡那些太過溫馨跟太過傷心的畫面都強制清除，不讓自己重新想起那些無法入睡的夜晚，自己獨自一人坐在電燈都打開的房間裡瞪大眼睛看天亮的過去。

不得不堅強，卻又討厭這樣的堅強。

用這樣的態度面對愛情，常常是矛盾而挫折的，害怕付出害怕依賴，怕有天如果自己失去依靠，所以常常還是覺得一個人好，雖然好，卻必須孤獨。

看著醫院的天花板，聞著空氣裡的消毒藥水味，想著不知道何時可以出院，其實如果就這麼死了，或許可以見到久違的媽媽。

如果見到她，第一句話要說什麼好呢？

還在胡思亂想，突然聽見手機鈴聲，何家須幫我拿起手機：「你好。」

「幹嘛亂接我手機？」我示意何家須把手機給我。

何家須不理我繼續說：「她受傷了在我旁邊，你哪位？張先生，哪個張先生？我會照顧她的不用你擔心，她現在不能接電話……我不想告訴你耶，別再打來了。」

聽完何家須一連串的話，想都不用想都知道是張洛勝打的。

等何家須掛掉電話之後他轉過頭看著我：「這人好婆媽啊。」

「他又不認識你。」

「我也不想認識他。」

想想也是，繼續聯絡對彼此一點好處也沒有，我確實不想再跟張洛勝有任何關聯，想想自己實在很自私。「我是不是很差勁？」

「是挺差勁的。」

「這時候你不是應該敷衍我一下嗎？」

「聽到這件事我是想罵妳的，這樣講話很客氣了，妳喔，談個戀愛談得這麼要死不活的，又不開心又不甜蜜是在幹嘛？」

「剛開始也是有點開心的……」

「妳啊，該斷不斷該離不離，吊著別人胃口拿捏著人玩呢。」

「哪有……」

何家須拍拍我：「速食很容易買到，花點小錢不需要等待，一下子就填飽肚子，可是真正好吃的東西必須經過用心調理，這份用心，是需要無數時間淬鍊的，不要因為餓就亂吃，吃點對身體真正有益的東西。」

「好囉唆好囉唆。」我轉頭。

「對，我囉唆，我囉唆還不是為了妳，誰喜歡這樣好心沒好報，還說要去勾引健身教練呢。」

「你不是不在意嗎？」

「對，我才不在意。」

雖然傷口很痛，雖然覺得一切都超爛的，覺得煩死了為什麼已經夠衰了還要出車禍。

但何家須確實讓我覺得好多了。

「謝謝。」

何家須看著我微笑：「三八，睡吧。」

接著他趴在我的床邊，低聲地唱著歌：「快快睡，我寶貝，窗外天已黑……」

「唱什麼啊你……」

雖然一如往常地連這種歌都走音，還是覺得聽了很溫暖，我果然是腦子壞掉。

□

在醫院這幾天吃好睡好，又不用上班面對那些烏煙瘴氣，感覺自己變得好健康，難道要常常車禍嗎？

生命中的每個階段，或許都會遇見幫助自己的人，那些看似無關緊要的相遇，或許都會成為臨時的力量。

想起那天車禍現場，隱約聽到有路人幫我叫救護車，叫我冷靜，陪伴著我，在耳邊呼喚，那些微小的力量，都成為我心裡很重要的回憶。

正因為有這些溫暖，或許可以重新相信人性吧。

車禍的後續處理，只是簽了幾個名，連內容我都不太清楚，最後蕭謹中說沒事，他都處理好了，真是一個效率很高的人。

除了這些事情，每天還給我送飯，體貼到我都覺得他喜歡我了。

「喂，你說蕭謹中是不是喜歡我？」趁著何家須在的時候，我突然問了一句。

何家須抬起頭來警戒地看著我：「怎麼了嗎？」

「沒啊，這樣每天給我送飯，什麼都處理好了，要不是這麼多年的朋友，我打從心裡瞭解他，真的要以為他喜歡我了哈哈哈。」

「哈哈哈……」何家須看著天花板。

「不過他怎麼會沒有女朋友啊，真是奇怪。」

「這妳問他啊哈哈哈。」

「何家須你幹嘛一直笑？」

「我也不知道啊哈哈哈。」

這時蕭謹中剛好走進來，淡淡地看了我們一眼：「說什麼這麼開心？」

何家須指著我：「羅千梓剛剛問我你是不是喜歡她？」

蕭謹中愣住，眼神轉向我這裡。

我張嘴正要說什麼，何家須又接著說：「啊我下午又要封測得先走啦，掰～」

講完這句話之後五秒內他就離開這間病房，我從來沒看過他走路這麼快。

病房內一陣靜默。

轉過頭，發現蕭謹中仍然盯著我：「妳問什麼？」

「沒有啦，我開玩笑的，真的是開玩笑的。」

「開玩笑？」蕭謹中眉頭都皺在一起。

「對啊，就只是開玩笑，你不要胡思亂想。」

我講完這句話之後，蕭謹中靜默著把手上的東西放下，然後轉頭打開房門走掉了。

本來以為他可能是去外面拿東西之類的，可是整個下午他都沒有回來。

到了晚飯時間，反而是久未謀面的安雲出現了，拿著一整袋食物。

「沒想到會在這種場面下見到。」安雲抱歉地笑了笑：「最近我也太忙了。」

「忙也要照顧身體，妳怎麼瘦成那樣？」不只是瘦，而且皮膚曬得好黑啊。「妳最近拍海灘女孩之類的主題嗎？」

安雲笑了笑，笑容卻有點苦澀：「我最近在學種田。」

「種田？種田？種田？」因為安雲跟這兩個字完全搭不上關係，所以我忍不住重複了很多次。

「是說妳比我更需要照顧身體吧，騎個車也能撞成這樣，妳到底在想什麼？」

「在想很多事情……」

然後把這陣子發生的事情簡單地講給安雲聽，安雲也說了她自己的事情，原來從停留雲林的拍攝工作開始，安雲就有了新的相遇，只是一直到現在狀況都處在非常不明朗的狀態中。

「我只能說，沒想到人生會碰見這種事情……」安雲講著講著眼眶都紅了：「只是覺得很難過，為什麼我們要因為身處不同的世界，就無法彼此溝通，無法彼此體諒……」

我拍著安雲的背，也不知道該說什麼，畢竟愛情這學分我從來都修得被當，也不知道該怎麼給意見。

安雲跟我一起吃完飯之後離開了，剩下我獨自坐在床上，想著這陣子的所有事情，安雲要我靜下來想想，她說有些重要的事情我一直都沒有發現。

最近每個人都給我這種「妳自己想啊」的指示，看來我的人生態度一定有哪裡出了問題。

她說她也得好好回去想想，心情很複雜。

我們到底為了什麼要這樣掙扎，在喜歡與不喜歡的界線旁動搖，明明喜歡的卻無法在一起，明明不喜歡的卻會一直遇見，世界上無數的相遇，沒有一個會順利嗎？

和喜歡的人相愛，好像是件很困難的任務。

正在思考的時候手機響了，是蕭謹中。

「喂？」

「吃飯了嗎？」

「吃了。」

「好……」蕭謹中講完之後就沒說話。

「蕭謹中？」

「嗯？」

「你下午怎麼了？」

「湯喝了嗎？」

「喝了，你下午……」

「那好好休息吧，晚安。」

蕭謹中講完就把電話掛掉了，剩下我拿著手機不知道到底發生什麼事。

然後繼續想了五分鐘，生氣地打電話給何家須，但他沒有接電話。

到底怎麼回事？

我又撥給蕭謹中，他接了電話之後我就開始生氣：「你到底為什麼要對我生氣啊？」

「我沒有。」

「你有！」講到這裡我突然覺得悲從中來，都已經車禍躺在醫院了還要被生氣，重點是根本也沒有發生什麼事情，我到底招誰惹誰啊我，這也得自己想嗎？
「別哭。」
「我沒有哭。」我哭著亂叫，這真的是完全沒有說服力的一句話。
病房門突然被打開，抬頭一看嚇得手機都掉了，蕭謹中冷著臉站在門口。
「你……」
話都沒問完蕭謹中大踏步走過來一把抱住我，用力得讓點滴架都晃了晃。
那瞬間彷彿時間都停止，想了一整晚沒能得到的答案，現在知道了。

06

在蕭謹中懷裡的這幾秒讓時間流逝變得緩慢，彷彿感受到他的溫度，正一點一滴地傳遞過來。

他坐在床邊，就這麼緊緊抱著我，身上淡淡的味道在鼻間流竄，呼吸聲清晰可聞。

「別哭。」蕭謹中的手指撫著我頭髮。

這時，我突然想到了什麼，輕輕地從蕭謹中懷裡掙扎出來。

蕭謹中這時也好像才意識到自己做了什麼，慌張地退開了兩步，好像剛剛自己只是突然心神喪失，連講話都不會了：「妳……咳……」

然後蕭謹中轉開臉，看著地板，跟平常都不太一樣。

我看著他的臉色慢慢轉紅，心裡開始覺得有趣，於是故意不說話。

場面僵持了幾分鐘，蕭謹中突然抬起頭，跟偷偷觀察他的我正好對上眼，但我們誰也沒有動。

我看著他眼裡自己的倒影，一瞬間好像明白了這些日子何家須努力傳達的訊息。
「好好休息，明天再來看妳。」蕭謹中拉開嘴角笑了笑，起身撿起我掉在地上的手機，然後就頭也不回地離開了。
我坐在床上拿著手機，腦海裡有很多畫面慢慢地浮現，蕭謹中的歌，他每次的叮嚀，他出現的畫面裡好像總是模糊不清，卻能感受到他的溫暖。
他一直在給我溫暖的支持，透過話語，透過沉默，透過各式各樣的小動作，我卻一點也沒有感受到，直到今天。
思索的同時手機響起，看了一下畫面。
「在醫院怎麼了？有事？」何家須的聲音也透著焦急，能有這些朋友，我上輩子肯定也是做了很多好事吧。
「說沒事也是沒事，但其實說有事也真有事。」
何家須沉默了五秒之後說：「妳這回答真的是腦子壞了吧，我看不是輕微腦震盪，明天醫生來巡房我得跟她說得重新檢查一下腦部。」
「我想也是，應該要檢查一下才是。」
「到底什麼事？」

怎麼好意思說跟蕭謹中抱在一起呢？「沒事，就是想你了而已。」

「早知道妳離不開我啊，怎麼，要不要考慮一下？我也願意為妳考慮一下。」

「那還是不要吧，謝謝。」

亂聊了一陣子之後掛掉電話，我又坐在床上想蕭謹中衝進來的畫面。想起他擁抱的溫度，想起他溫柔的手掌，想起過往他說的話。

如果不是突然想起我幾天沒洗頭散發出的異味可能就要飄散開來，應該也覺得這場景簡直就是電視劇。

他沒聞到吧？應該沒有聞到吧，如果聞到的話那應該就結束了。開始於美麗的擁抱，結束於三天沒洗頭的油臭味。

這劇本怎麼看都不對，肯定不是關於愛情的吧。

雖然盡量不去回想，但這個擁抱的力度好像重得稍微擊中了我的心，從沒想過會是這樣的狀況。

是喜歡我嗎？

又或者他只是一時同情我？想要給我力量？

有點驚慌，雖然不知道為什麼要驚慌，我所領悟到的答案是正確的嗎？

安雲說她去雲林拍攝的時候踩進田裡被一個農夫大聲責罵，她氣不過跟那個農夫吵了起來，兩個人卻因此吵出了緣分。

但他們是兩個不同世界的人，儘管同樣身處在相同的土地上，卻過著完全不同的生活，農夫先生開卡車，安雲出門總是搭計程車，農夫先生吃完飯之後碗裡一粒米飯都不剩，安雲為了身材不吃飯，農夫先生穿舊衣服下田，安雲卻在農田裡拍時尚照……諸多相異之處使得他們相處格格不入，但愛情毫無道理的發生，這兩個人也必須學習在不同中找出一樣的道路。

我跟蕭謹中，基本上也是兩個不同世界的人吧，我只是一個小助理，他卻是即將開店的老闆，背後還有家族集團，那些過往，跟張洛勝這些不上不下的事情他也是知道的，感覺在他眼前無所遁形的我，怎麼還會如此？

這個擁抱的力量太重了，有些承受不住。

這個答案的衝擊也有點太大，還是不敢相信。

但是我知道現在應該要先去洗頭，就算左手骨折也得洗，不洗恐怕就沒有將來可言了，唉。

拖著點滴架走向浴室，坐在醫院提供的小椅子上，艱辛地用一隻手把頭髮搓洗乾淨，不時還撞到自己的點滴架，洗完頭還順便用毛巾把身上可以擦洗的地方都擦過一次，終於洗好走出來的時候心裡一陣感動。

頭上包著毛巾，神清氣爽地坐回病床上，才發現過去了一個多小時，時間真殘酷啊。

病房的冷氣很涼，得趕快把頭髮吹乾不然會頭痛啊，這麼想的時候才發現沒有吹風機。

怎麼辦，超蠢的。

打電話給何家須？他家離醫院很遠。

打電話給安雲？她家離醫院也很遠。

打電話給蕭謹中？他家離醫院很近但我不想丟臉。

啊我記得病房外面的洗手間有那種烘手的機器，不然去那邊把頭烘乾？可是這更丟臉。

直接包著毛巾睡覺讓冷氣吸乾水分？這樣明天肯定頭痛死。

非常苦惱地思索了幾分鐘之後，決定要去洗手間烘頭，用毛巾把臉包住，把頭髮吹乾，這樣應該不會被發現。

下定決心之後，我推開病房門，護理站的護士們正在低頭整理資料，走廊上沒有人。

安全！我推著點滴架走出房間，假裝散步，還好沒人注意這邊。

走進洗手間之後，我迅速地察看每間洗手間的狀況，確認沒有人。

雖然確認過，但真的要低頭彎腰在那裡吹頭髮需要無比勇氣，我解開頭上的毛巾，按下按鈕。

溫熱的風吹在頭上感覺真舒暢，不過要邊吹邊注意有沒有人走進來，實在滿挑戰的。

萬一有人進來我該用什麼藉口呢？還是趕緊假裝在烘手？

就在邊吹頭髮邊胡思亂想的時候，轉頭一看，站在門口的不正是蕭謹中嗎？

蕭謹中站在女廁門口，用一種似笑非笑的眼光看著我，我則是愣在原地，烘手機還啟動著，頭髮凌亂得像個瘋子。

站起身，隨便整理著半濕的頭髮，推著點滴架往外走，假裝沒看見蕭謹中，經過他身邊的時候他抓住我手，聲音裡隱隱有笑意：「這是在做什麼？」

「運動。」

「運動？」

「嗯。」我想要甩開他的手卻甩不掉，天知道我現在頭髮有多恐怖。

「等一下再運動吧，我先帶妳回房間。」

他牽著我一直走到病房門口：「進去吧。」

「這不是我的房間。」我搖頭。

「是妳的房間。」

「不是我的。」

「羅千梓。」

「我不是羅千梓。」

蕭謹中笑出來：「好好好。」

然後他把我推進房間裡，人轉身又不見了。

幾分鐘後，他拿著嶄新的吹風機進來，拆開包裝之後叫我在病床上坐好，他幫我吹頭髮。

看他拿著梳子幫我梳頭髮的架勢，好像常常幫人吹頭髮。

不知道以前有誰被蕭謹中這樣對待過？想到這個問題，突然有些害怕知道答案。

但又得問自己，什麼都還沒開始，我為什麼要在意，人家什麼都還沒有說，我卻自己演起來了。

忍不住從鏡子裡一直看著他專注的表情，心裡卻沉重起來。

我現在是用什麼心情什麼身分在這裡坐著呢？他是用什麼心情什麼身分在對待我呢？

如果開口問他那個擁抱的意義是什麼，會得到答案嗎？

吹乾頭髮之後，蕭謹中幫我梳好頭：「樓下就有美髮部，可以去樓下洗，不用那麼辛苦。」

「嗯。」

「傷口還好嗎？有弄濕嗎？」

「沒有。」

想起剛剛用那種奇特的姿勢跟嶄新的方法吹頭髮的樣子被蕭謹中看見就覺得無地自容：「那個……」

「什麼？」

「沒事。」這時候自己承認好像也不是適合討論的話題。

沉默了幾分鐘後，蕭謹中開口：「今天跟醫生討論過，手腕骨折的部分跟傷口都恢復得不錯，明天再觀察一天，如果沒問題後天就可以出院。」

「嗯，謝謝。」住院這幾天醫生來巡房的時候我都是聽醫生講完就好，但蕭謹中會問醫生很多問題，關於後續出院的恢復也都問了，真不知道醫生會不會覺得他很囉唆。

這幾天蕭謹中在病房裡的時間雖然不多，但是每次來都會告訴我醫生今天說了什麼，交代了什麼，藥吃了之後有沒有特殊反應。

現在想來，他的細心我竟然這麼多年都沒有發現，應該跟梁山伯一樣大嘆自己是個呆頭鵝。

「蕭謹中……」

「怎麼了？」他正在看我的點滴管有沒有回血。

「那個……」怎麼了我一向都是個直來直往的人啊，我不是希望大家都要直接告白嗎？那我現在緊張什麼？我不過是在貫徹自己的理念而已。

算了不管了一口氣上吧，我深呼吸然後就問了：「蕭謹中你是不是喜歡我？」

「是啊。」

「啊？」沒想到他會這麼簡單迅速確實地回答，現在反倒是我不知道該怎麼繼續說下去。

抬起頭看著蕭謹中，他也正看著我，嘴角還掛著笑：「我以為妳永遠不會問了。」

說不出話來，只能看著他的眼睛，看著他的微笑，不知道為什麼竟然流下淚。

儘管如此感動，儘管如此溫暖，但我知道我跟你的距離遙遠得自己都無法計算。

愛情除了喜歡之外，還有其他必須考慮的因素，這些喜歡以外的因素，通常都比彼此喜歡來得更重要。

這份感情很珍貴，但到頭來會不會不是我的？

看著蕭謹中，無法說出任何字句。

剛好此刻我的手機響起，一看是公司的電話。

「喂？」

「千梓嗎？」這是經理的聲音。

「經理，不好意思這幾天出車禍一直在醫院——」

話都還沒說完，經理打斷我：「明天可以來上班嗎？」

「明天？」

「新來的根本做不來，現在資料都趕不出來，已經過月初了資料都交不出去，總公司電話一直來，新助理說她不做了。」

蕭謹中緊盯著我，輕輕地搖頭。

「經理，我——」

「拜託拜託，我去醫院接妳過來也可以，過來幫忙把東西整理完，不然這狀況……」經理的聲音聽起來真的很慌亂。「新助理加班好幾天，但是資料就是不對，我也不知道她哪裡弄錯，資料就是跑不出來……」

「嗯，我知道了，明天會去。」

「好，那就好。」

掛掉電話之後，果不其然看見蕭謹中皺眉看著我。

「沒辦法，趕不出來啊。」

「妳也不想想自己什麼樣子，要我帶妳去照鏡子嗎？」

「還好啦，走路也不算太困難，你剛剛不也說可以出院了嗎？」

「我是說經過醫生評估觀察一天之後可以考慮出院回家休養，不是說明天就可以去上班的意思。」

「如果那個只關係到經理的薪水，我就不去，可是那關係到好幾百人的薪水，大家都是過辛苦生活的，何況這個月本來就應該還是我弄，要不是出車禍，新來的助理也不至於弄到要辭職。」

「妳理由還真多。」蕭謹中揉了一下我的頭髮。「好，明天我送妳過去。」

「謝謝你。」我抬頭看著蕭謹中。

眼神一對上，氣氛又不對勁，我以前真的沒有發現他眼睛裡滿滿的不對勁嗎？

「剛剛沒說完呢。」蕭謹中微笑著看我。

「什麼？」我臉一熱，趕緊轉開視線。

「現在換我問妳了。」蕭謹中伸手把我臉轉向他的方向，就靠了過來。距離太近，眼神有點失焦：「啊？」

「那妳喜歡我嗎？」蕭謹中放慢了速度，一個字一個字地問著，他身上淡淡的香味飄進我意識裡。

「我……」

話還沒說完，蕭謹中用唇封住了我接下來的話。

我腦中轟然一響，閉上眼睛，吻很甜，但心裡卻有點苦澀，慢慢地拉著我往下沉。

「別回答，讓我喜歡妳就好。」在落下如雨點般的吻中，他這麼說：「我不想，再看妳待在別人身邊了。」

而我卻害怕自己不能控制地陷入這種無邊際的溫柔中，忘記了現實有多麼殘酷。

□

一早醒來，病房彷彿都變成粉紅色。

我看著趴在床邊睡著的蕭謹中眼下淡淡的青色，突然覺得心疼，這麼多年來他到底用什麼樣的心情看著我。

喜歡我很久了嗎？我昨晚這麼問他，他沒有回答，只是拉著我的頭髮繞。

趕他回家睡覺，他說他捨不得。

然後他就這麼趴在床邊睡著，聽著他均勻的呼吸聲，想著過去種種，想著為什麼自己沒有發現，也想著兩人之間的差距。

想著想著，也就這麼睡了。

儘管是現在，醒來發現夢裡的甜是真的，發現他就這麼在身邊陪伴，還是覺得不踏實。

是不是沒有多少機會能這麼肆無忌憚地看著他？我怕自己沉溺在這種溫暖之中離不開，真的，真的可以喜歡這個人嗎？

手指劃過他側臉的線條，他下巴上的鬍碴、直挺的鼻梁，以及此刻緊閉著的唇。

萬一他流口水會不會很糗？

「好看嗎？」冷不防地聽見蕭謹中的聲音。

我嚇得往後退，結果砰地撞上了床欄。

蕭謹中站起身來：「撞到哪裡？痛嗎？為什麼這樣？」

「誰叫你突然出聲。」我小聲地嘟囔著。

「那下次我慢慢享受妳的毛手毛腳。」

「那才不是毛手毛腳。」

蕭謹中笑著看我：「知道了，那我先回家洗個澡換件衣服，等下來接妳。」

「嗯。」

「別再受傷了，我不喜歡在醫院睡覺。」

蕭謹中關上門走出去的時候，看著他的背影，有種詭異的甜蜜感。

原來我以為暖到世界盡頭的好男生不是交不到女朋友，而是喜歡我。

這個認知不斷地衝擊腦海，牽動微笑神經，所以一直覺得甜蜜，我想自己腦袋的確是撞壞了。

這麼多年的友誼，經過昨夜突然被標上了粉紅色的記號變成愛情，更可怕的是我竟然覺得這樣的轉變很好。

那些被蕭謹中照顧的點點滴滴，突然潮水般湧進腦海裡，陪我喝酒的夜晚，煮飯給我吃，聽我發牢騷聽我訴說感情煩惱的每通電話，他用什麼心情在聆聽呢？想起來好苦澀，當時的他一定很悶吧。

平常在公司裡跟人群裡的自己是孤僻的，但跟朋友在一起的自己卻開朗而瘋癲，見慣了我這種面目的蕭謹中或許能理解我的孤獨，理解我為什麼會需要虛假的溫暖吧？我總是為自己找藉口，為自己開脫罪名，這樣的我，也能讓他喜歡嗎？

我在他眼裡，是什麼模樣的呢？

邊梳洗邊想這些問題，走出洗手間才發現身上穿的是醫院的衣服，難道等下就這樣去公司嗎？而且我沒化妝啊怎麼辦。

想想沒化妝也好，素顏進辦公室的話可能那些三姑六婆的敵意會減輕吧，可能會發現我雖然漂亮但其實也是一個普通人。

這時候我才突然想起來，我身上的衣服是誰幫我換的？！

我還在驚慌衣服到底是誰幫我穿的時候聽見敲門聲，蕭謹中的聲音在門外：「我進來了喔。」

接著他神清氣爽地推開門進來，看見我苦著一張臉：「怎麼了？」

「我的衣服呢？」

「妳的衣服？」蕭謹中不明所以：「是說車禍那天的嗎？因為緊急處理的時候醫生剪開衣服，所以已經都丟掉了。」

「那我這衣服誰幫我穿的？」

「護士吧，我接到通知來的時候妳已經換上醫院的衣服了。」

「啊。」那就好，我還以為……

「妳以為是我幫妳穿的嗎？」蕭謹中突然意會過來，露出微笑靠過來。

「不是，不是啦。」可以不要動不動就靠過來嗎？

「我跟妳說……」蕭謹中的聲音在耳邊：「我擅長的不是替女人穿衣服。」

「喂！」我往後退。「變態。」

他是這種個性的人嗎？我以前都誤會他了嗎？

「嘖，我擅長的是咖啡啊，妳腦袋裡都在想什麼。」

我瞪了他一眼：「我以前都不知道你是這種個性的人。」

「那是因為妳沒有認真看過我。」

這話題又開始轉向不正確的方向，我指著身上的衣服：「那個……我不能穿這個去公司。」

「等下帶妳先回家換衣服，醫生那邊我問過了說出去一上午沒關係，但中午醫生巡房時要在，我剛剛在護理站那邊辦好請假手續，等下護理師會先來幫妳拆點滴。」

「不能直接出院嗎？」

「不行。」

「我真的恢復得很好啊。」我舉起手揮動，結果一陣劇痛傳來。「啊……」

「逞強逞強，就知道逞強。」蕭謹中輕輕地握住我手。「我看看。」

「就沒事。」雖然很痛還是裝出沒事的樣子。

蕭謹中沒說話，只是一直瞪著我。

「真的沒事。」我第一次感受到無所遁形。

「妳等一下。」話說完之後蕭謹中走出去，沒多久護理師跟著他一起回來。

護理師問了一下狀況對蕭謹中說：「應該是拉扯到所以會疼痛，不用緊張。」

「你看吧！」我用勝利的眼神看著蕭謹中。

拆掉點滴之後坐上蕭謹中的車回到自己家，好幾天沒回家，家裡感覺都長了蜘蛛絲，蕭謹中第一次進來我家，在客廳跟廚房走來走去，還擅自打開冰箱。

「你不要亂動我東西。」我趕緊制止他。

「我沒動。」蕭謹中舉起雙手：「妳快去換衣服。」

然後他像是突然想到什麼一樣很正經地問我：「需要幫忙嗎？」

「你真的是蕭謹中嗎？」我走進房間，鎖了門。

艱苦的換裝過程中，我不斷思索著蕭謹中是怎麼樣的人，以前真的有好好瞭解他嗎？越想越覺得愧疚，在那麼多年相識的歲月中，的確沒有多花時間跟他相處也很少聽他說過自己的事情，很多資訊都是從何家須身上得來的。

我這個朋友，其實當得也不那麼稱職。

換好衣服，簡單地化了妝，這時不斷感謝受傷的是左手，萬一是右手就不能化妝了。

都弄好之後走出房間，空氣中瀰漫著香味。

一看，蕭謹中正在廚房用冰箱裡僅有的材料做早餐，鍋裡滋滋作響的是美式煎蛋，旁邊餐桌上已放著起士跟可能過期了卻還烤得香酥的土司。

「吃一點東西再去公司吧，怕妳餓。」

有種可怕的情緒直穿腦門，意識到這是一個不能掉下去的陷阱，會抽不了身的。

萬一這種喜歡有天消失了呢？

我退後一步：「蕭謹中你不要這樣。」

無端地害怕起來，不要讓我習慣這種無行為能力的生活，不要對我這麼好。

「千梓？」

「不要對我這麼好。」

蕭謹中往前跨一步：「千梓……」

我不斷往後退：「我跟你是不同世界的兩個人，你不要對我這麼好，我不能……」

「妳在說什麼啊？」

「我這種人，跟你那種家世……」

「跟這些毫無關係吧？」

「你應該要找一個可以跟你匹配的人……」心裡雖然難過，但還是知道不能讓他因為我，耽誤了自己的人生。

「羅千梓！」蕭謹中停住腳步，眼神是少見的凌厲。

我不斷後退靠在牆上：「我很謝謝你的喜歡，也很感動，但是……」

我直直地盯著蕭謹中：「但是我不能……我只當你是朋友。」

閉上眼睛，眼淚突然流下來，我真的不能耽誤他，我不適合他。

過往那些傷害他人的事情攤在他眼前，他知道那麼多，知道我的自私軟弱，我害怕他有天會離開，會不會有朝一日覺得我也不是他喜歡的樣子？

為了不要到最後痛苦的結束，彼此連朋友也當不成，是不是應該不要開始？

「胡說！」蕭謹中大踏步走過來，本來以為他生氣了，結果他一把將我抓住塞進懷裡：「我等了那麼久不是要讓妳對我說這些的！」

被蕭謹中緊緊擁抱的瞬間，腦中一片空白，但是有種酸楚又殘忍的幸福蔓延著，我閉上眼。

「我以為能祝妳幸福，但我還是不能忍受妳在別人的身邊。」蕭謹中壓抑著情緒低低說著：「我喜歡妳。」

我用力地推開他：「我不要。」

蕭謹中看著我，眼神裡滿滿的錯愕。

但不能心軟，不能因為自己害了他，他有大好前程美好的姻緣在前方等待，不必浪費時間在我身上。

「我不喜歡你，從頭到尾都沒有考慮過你，我不要你的喜歡。」

我緊緊閉著眼睛不敢看他，接著知道他離開了，那關上門的聲音如此刺耳，我不知道自己為何會痛，但就是覺得心臟被捏住般不能呼吸。

對不起，我不夠好，站在你身邊我無法不覺得自卑，希望你能找到更適合你的人。

慢慢張開眼睛，望著緊閉的門，我突然瞭解了自己親手推開的，或許不只是友情和愛情，還有更多過去的記憶。

對不起。

只能說對不起，或許現在難過，但你終究會忘記我，會遇見更美好的未來。

我軟倒在地上無聲地哭泣著。

不知道過了多久，等手機響起才想到自己得去公司一趟。

因為行動困難，所以搭計程車到公司，走進公司的時候發現大家都看著我，而新來的助理則是不見蹤影，經理臉色不對勁地對我說：「資料都在桌上，妳先看一下。」

我沒有多想，也不想再多想，最後的最後，把自己的責任好好做完。仔細地把資料攤開，習慣性地分類，最後開始把所有的工作輸入到電腦，翻過一張又一張的紀錄，一直埋頭做著。

不知道過了多久，聽見經理的聲音：「那個……」

我抬起頭看著經理，他接著問我：「要不要吃飯？我給妳買個便當，妳別誤會，想說妳受傷，所以幫妳買個便當比較方便。」

「謝謝經理，我先把事情做完吧。」

「我……我還是給妳買個飯。」

經理人真的不壞，想到這心裡又開始覺得抱歉。

好像要離開了才會對這裡特別有感觸，如果不是工作量超出了這麼多，我或許還會繼續待著。

只是好像世間的事情都會不斷挑戰自己的意志力，為了堅持下去，有多少人犧牲了不應該失去的時間跟自己呢？

我不想犧牲自己的私人時間，所以失去了工作。

搖搖頭，不繼續想下去，還是好好地把最後的工作做完吧。

不知道過了多久，終於把最後一筆資料輸入電腦裡，抬頭一看辦公室空空蕩蕩，桌上不知何時出現的便當已經冷掉了，我看著那個便當，想起無數加班的夜晚獨自一人的情景。

如果有些不捨，也是出於抱歉，而離開，應該是正確的決定吧。

把所有的資料都整理好之後，分門別類的整理好放到經理桌上，離開辦公室之前設定保安系統的時候，望著手裡的感應卡，或許是最後一次了呢。

跟這個辦公室再見，也跟那些傷害跟被傷害的事情說再見。

就這麼跟自己重新開始新的生活吧。

07

從那個充滿各種情緒的早晨我殘忍地對蕭謹中說不要喜歡我之後已經過了整整一星期，他沒有來過電話沒有訊息沒有任何蹤影，就這麼消失在我生活中。

不否認他說喜歡我的時候心裡很甜，背景充滿粉紅色的玫瑰花，但是如果愛情只是愛情就好了，如果可以只有兩個人就好了。

如果只是這樣就能夠回應他的喜歡，我是個膽小鬼，無法負擔這樣的對象，只想走輕鬆的道路，就是個膽小又沒用的傢伙。

現實很殘忍，我們活在完全不同的兩個世界裡，記得以前大學時有次去蕭謹中的家，一踏進他家，豪華的大理石地板，天花板上繁複又華麗的雕花裝飾，反射無數光芒的水晶吊燈，連蕭謹中用來喝水的杯子都是金色線條上面鑲著細碎寶石的瓷器，拿在手上喝茶連心都會顫抖。

記得那天喝完水，自己拿著杯子去廚房洗好想找個地方放，回頭看見蕭謹中的媽媽帶著微笑對我說：「沒關係，放著就好，等下傭人會處理。」

雖然她帶著微笑，但是我卻感受到那麼巨大的差異，在那瞬間我彷彿走進了交錯的時光成為奴僕。

那一刻的窘迫我沒有忘記過，小時候住在加蓋的鐵皮屋，晚飯常常是學校的營養午餐包回家，我能夠被這樣的家庭接受嗎？

結婚？我苦笑了一下，怎麼可能有這一步？想那麼多做什麼，蕭謹中需要的應該是跟他相同家境，知道手上的瓷器是什麼品牌，講話輕聲細語微笑完美的名門女孩，我只是一個父母早逝，沒有任何背景的普通上班族，現在還無業坐吃山空中，恐怕會被認為是覬覦家產的八點檔無良配角。

是啊我這樣的身分只能是戲裡的配角而已。

這幾天何家須打過幾次電話，我不敢接，不想讓他知道發生什麼事。碰到要回診的日子我自己搭公車去，自己吃飯，想辦法洗澡，就算一個人，也想要保有尊嚴，不要別人可憐我幫忙我，一個人又怎麼樣，難道不能過生活？

雖然想念蕭謹中熱騰騰的飯菜，想念他用低沉聲音在耳邊聽似囉唆的溫柔叮嚀，想念他無微不至的溫暖，想念他寬闊胸膛上衣服的香氣。

想念他所有的一切，卻不能讓自己沉溺下去。

好可笑，面對一個自己想到他喜歡自己就會心臟怦怦跳的人，竟然只能拒絕。

這個社會是有階級之分的，我無法跨進那個世界裡，那個世界想必也不會接納我。

不能拖累他，他值得更適合他的人。

沒想到這種古代劇的對話也會出現在現在這時代，這社會終究還是不平等的。

看著自己的手，傷隨著癒合漸漸不那麼痛，如果心裡的痛也能慢慢消失就好。

仔細回想這幾年的事情，回想生活中的大小事件，蕭謹中那麼溫柔又真心的對待，我竟然沒有察覺出一絲一毫，還在他面前大肆抱怨著自己跟張洛勝的事，就算如此他還是陪著我，唱歌吃飯喝酒聊天看夜景，該有多痛。

我的確如他人所說殘忍又沒有同理心。

手機又震動著，是公司號碼。

「千梓……」是經理的聲音：「新來的助理說不做了，今天很多事務都停擺，妳可以回來嗎？我私人給妳加三千塊薪水。」

經理的聲音聽起來很焦急，但這也沒辦法，基本上我已經跑完離職流程，現在跟公司毫無關聯。

「現在的年輕人怎麼這樣，說不來就不來，也不管公司……」經理還在碎唸。「怎麼樣可以嗎？明天回來上班？」

「經理，我有其他的人生規劃，現在不打算回去。」這時候覺得拒絕經理好像不太有道義，但當初我是那麼低聲下氣地拜託他，希望他多找一個助理，只要有人幫忙，或許那時的我還會選擇繼續留在公司裡。

「千梓啊，妳好歹也在公司待了這麼多年，回來幫忙一下直到我找到人不行嗎？」

「那如果經理一直沒找到願意留下的人，難道我就得這麼無限地幫忙下去嗎？」聽到這句我突然有點生氣，為什麼覺得我應該要幫忙呢？在這之前所有的工作我都是自己獨力加班完成的，我沒有要求過誰幫忙，難道這一切就是應當的嗎？

「我對工作的付出是我願意，但不能因為願意就覺得這些理當都是我的責任，當時多出一百多人我默默忍下來，後來一切超出預期，我對經理拜託再拜託，找個人分擔我的負荷，經理當時如果回應了我，事情或許還能有其他的解決機會，現在我做完自己的事情離開公司了，經理卻要求我回去付出我不再願意給的時間，我覺得是有些過分。」

「不然妳回來一星期就好。」

「經理……很抱歉——」

話還沒說完，經理「喀」一聲收了線。

雖然有點愧疚，但過去這幾個月我的苦難、因為加班睡不飽的黑眼圈，經理全都不當一回事，現在發生這種事情只能說我雖然愧疚，卻理直氣壯。

當我們以為別人犧牲時間換來的工作成效是正常且自然的，有天或許要承受因為犧牲過多他人時間的報應。

想到這裡，我是不是也正因為犧牲了蕭謹中的時間而正在受著報應呢？

不知道他這麼忍受我多少年，不知道他困在這樣的情緒裡多少年，如果他早點告訴我，我們之間會變得有可能嗎？

能不能回到之前，回到我不知情的時候，回到我還能傻傻地對著蕭謹中微笑的時候？

但這樣太自私也太卑劣了。

都說時間是最好的遺忘藥，就讓時間過去，讓蕭謹中遺忘我。

雖然有點失落，但這樣對他最好。

「錯錯錯！大錯特錯！妳這沒心肝的妳給我出來說！」這是一不小心接了何家須電話又一不小心把事情跟他說之後，何家須回答我的幾句話。

「我不要。」

「妳這沒良心的，妳根本什麼也不知道，不出來沒關係，晚上我殺過去。」

「不要，我不在家。」

「妳這……」我聽見何家須吸氣的聲音：「我得冷靜下來，冷靜啊何家須你是成熟有智慧的。」

「掛電話了喔。」

「妳這小賤人敢掛試試看，信不信我現在就立刻辭職衝過去！」

「要說什麼啦。」

「蕭謹中像白癡一樣喜歡妳這個除了長相還可以之外一無是處的女人那麼久，竟然在告白之後被妳甩！我真是不能理解，妳是瞎了眼還是沒心沒肺，張什麼的那種垃圾食物妳都吃得下去了，這種高級餐廳反而被妳拒絕了妳這是什麼心態，妳這心理有問題，好好的給我解釋一下。」

「我又進不去高級餐廳。」

「妳這無腦的白癡！！」

「他適合更好的女生，他家裡是什麼環境你又不是不知道，我只是一個沒爹沒娘的窮人。」

「現在不流行門當戶對了妳這個白癡腦殘沒良心蠢到了極點的笨女人！看我氣到連罵人都不會了，妳……」

「你說他喜歡我很久？那你很早以前就知道他喜歡我了嗎？」突然注意到何家須話裡有點蹊蹺。

「啊……封測開始了，先這樣。」何家須說完這句就把電話切掉。

望著手機螢幕，突然有點惆悵，連何家須也知道蕭謹中喜歡我，卻幫忙一直瞞著我，為什麼。

安雲也知道嗎？有點想打電話問她，卻又想到前些時候她的狀況也不是太好，不一定現在還在跟農夫先生嘔氣，又或者已經和好了現在正在甜蜜。

大概是自卑，好像這群人之中只有我最不長進，當時我們之中還是我功課最優秀，事實證明功課根本無助於將來工作上的發展。

人說漂亮的女生走到哪都吃香，怎麼我走到哪都吃虧，以前在學校無端地被討厭，後來上班又因為男人的事情被討厭，上司也沒有因為我的美貌而減少我的工作量。

漂亮好像也沒有好處。還是追根究底我根本就不漂亮？

走進臥房坐在梳妝台前看著鏡子裡的自己，雖然沒有化妝使得兩頰上幾顆零星的斑點跑出來，但大致上沒有退步太多啊，滿好看的啊。

乾脆現在走到馬路上見到人就問：「你覺得我長得漂亮嗎？」

這麼做的話應該今天晚上就可以順利攻佔晚間新聞，成為話題人物：「驚！台中癡女逢人便問自己美不美。」

打開冰箱發現這幾天的閉關已經讓裡面空空如也，只好出門去補貨，拿出鑰匙錢包走出家門，天空還是一樣的不乾不淨，空氣還是一樣的糟，世界還是同樣的工作著，只是人經過了某些事情之後，都無法再回到原本的樣子。

我突然好希望那天自己沒有說那樣的話。

原來有一個人可以安心地依賴著，是那樣溫暖的感覺。

站在人行道上，看著路邊經過的車，經過的人，又感受到了很多年前那種可怕的孤單，但這一次，是我自己造成的。

走進超市，因為手還綁著所以用極緩慢的速度單手推推車到處逛，不知道要買什麼，只好胡亂買了一堆泡麵零食、青菜跟蛋就回家。

揹著可愛的玩具反斗城購物袋走回家的路上，小學生放學了，看著從學校開心地衝出來跑進爸媽懷抱的孩子，忍不住微笑起來。

真好，好讓人覺得感動的畫面啊。

於是不知道為什麼，自己就這樣呆呆地站在校門口對面看著小學生不斷走出來，跟著安親班老師前往安親班的，被家人載回家的，自己一個人跑跳著走路的，還有低著頭臉色凝重不知道在想什麼的孩子。

等到人差不多都走光了，我也覺得時間有點晚了該回家，轉身要走時，卻發現有個男孩在身旁看著我。

「有什麼事嗎？」

「阿姨，我肚子餓。」男孩可憐兮兮地對我說。

聽到這句話，我趕緊看看購物袋裡有什麼，剛好今天失心瘋買了零食，我拿出一包巧克力：「吃巧克力好嗎？」

男孩點點頭，臉上藏不住的欣喜：「好。」

我把巧克力遞給男孩，微笑地看著他拆開包裝，正要吃的那時旁邊突然衝出來一個婦人，用力地把男孩的巧克力從他手上抽走：「你在吃什麼？」

男孩嚇得不知道該如何反應，我趕緊對婦人說：「那是我給他的巧克力。」

婦人把巧克力往我丟過來，惡狠狠地對我說：「他不能吃巧克力，妳這不是存心要害他嗎？」

「呃……」巧克力散落一地，我也有點愣住：「抱歉，我不知道，真的很抱歉。」

「抱歉？說抱歉就好了嗎？萬一他吃下去出事怎麼辦，看妳長得漂漂亮亮沒想到心腸這麼壞。」

這有點過頭了吧。

我站起身打算離開，不想跟這種人繼續對話，沒想到婦人猛地拉住我受傷的手往後扯，一陣劇痛讓我差點罵出髒話。

「我還沒說完，妳這什麼態度。」

「我懶得理妳。」手好痛。

轉頭看了一下那個男孩，他沒有說話，眼睛裡寫滿驚慌。

「妳別走啊，把話講清楚，不然我叫警察來啊。」

沒想到現在瘋子那麼多，我拿出手機報警，告訴警察現在發生的事情。

婦人看我報警還一副趾高氣揚的樣子：「好，我就等警察來。」

旁邊店家一堆人走出來看熱鬧，我找了張椅子坐下，深刻地覺得自己最近肯定需要去安個太歲斬小人之類的，等下就問問蕭謹中……

不對，我已經沒有資格問他什麼了。

沒多久警察到達，我都還沒開始講話，婦人就上前對警察大聲嚷嚷：「警察先生，就是這個女人，她想要綁架我的小孩。」

綁架？

警察向我走過來，我站起身本來想學周星馳說：「警察先生，廢話我就不多說了，實際上是這傢伙假扮太后……」

一看警察先生很年輕，恐怕沒有看過周星馳的鹿鼎記，我只好說：「因為受傷所以坐在路邊休息一下，這孩子說他肚子餓，我順手拿了巧克力給他，沒想到這位大嬸突然衝出來對我大吼大叫，我很害怕要離開，結果這位大嬸拉住我的手開始大叫。」

「胡說，妳明明想要用巧克力誘騙我的小孩！」婦人尖聲叫著。「是不是？大家評評理啊，而且我哪有拉妳，我哪有拉妳！」

我無奈地看著警察，警察無奈地看著我們，旁邊的人也一陣靜默，好似剛剛發生的事情大家都不知道。
「是我拜託阿姨的。」
大家轉頭看向聲音的來處，是那個小男孩。
警察先生走到男孩面前蹲下：「放心，我是打擊犯罪的警察叔叔，你有什麼事都可以跟我說。」
小男孩怯生生地說：「因為我很餓，就跟漂亮阿姨說我肚子餓，阿姨給我巧克力，然後她就被罵了。」
漂亮阿姨，果然是一個正義又誠實的好孩子。
他講完之後換我惡狠狠地瞪著那位大嬸：「聽見了嗎？」
旁邊的人這時才開始附和：「對啊，是小孩說要吃的。」
「人家小姐很好心。」
「你不要胡思亂想，亂罵人不對啊。」
「小孩肚子餓了也不買東西給他吃。」
大家七嘴八舌地說著，那位大嬸惱羞成怒之後不知道說了什麼，氣沖沖地跟路人理論。我則是冒著冷汗對警察說：「沒什麼事的話我可以離開了嗎？我之前出車禍手才剛復原，現在被她拉過之後好痛……」

「妳等我一下。」

警察留下兩造的資料之後看我臉色發白冷汗直流，於是用警車送我到醫院，醫生認出我前幾天才來過，照完X光指著左手腕對我說：「這裡裂開了。」

「那是之前車禍裂開的。」我很悶地回答。

「那就是更嚴重了，妳又摔嗎？」醫生很冷靜地看著病歷：「其他還有哪裡不舒服？」

「沒摔，心裡不舒服。」

醫生抬起頭看了我一眼：「心的話要轉診，手的部分就是都不要動，徹底休息，妳現在要上班嗎？」

「不用。」

「那最好，就在家休息，所有事情交給別人做就好。家裡的藥還有吧，這次先不開。」

醫生講這句話的時候感覺很輕鬆，我聽著卻很沉重。

走出醫院的時候天色已經暗下來，馬路上車子來來去去，我的手還在痛，肚子更餓。

搭上公車，麻木地看著窗外景色經過，心裡除了酸澀，一點起伏也沒有。

到站下車後回頭看著公車上的人，那麼多低頭的側臉，曾幾何時我們已經不再看窗外的景色，以前望著公車，至少還能跟人四目相對。

回到家癱坐在地上，這時才想起我的購物袋沒有拿，整袋食物和手機都丟在那個人行道旁邊。

至此，終於被情緒淹沒的我再也忍不住，狼狽地大哭起來。

□

狠狠哭完之後我望著已經降臨的夜色，靜靜地坐在地板上，沒有手機也好，反正也沒有人要打給我了不是嗎？

想到這裡又覺得心裡酸酸的。

門鈴響了，走過去一看螢幕，是今天送我去醫院的那個警察。

「羅小姐妳好，民眾撿到妳遺失的物品，因為手機也在裡面不知道怎麼聯絡妳，就幫妳送過來了。」警察講完之後我覺得世界上果然有好人，奇蹟是會降臨的。

匆匆披上外套下樓去，看見警察拎著我的玩具反斗城購物袋站在門口，有種不協調的美感。

「謝謝。」我心懷感激地接過袋子，差點又要掉下眼淚。

「那個，妳還好嗎？吃飯了嗎？」警察先生抓抓頭。

我搖頭：「還沒，不過還是謝謝你幫我把東西送回來。」

「那個，我看妳情緒不是很好，如果後續有什麼狀況，再打到警察局來，這是我們轄區派出所電話。」

「好，謝謝。」

回到房間檢查購物袋之後，發現手機還在，泡麵也在，連蛋都沒有破掉一個，心裡如釋重負。

這種大難不死失而復得的感覺總算彌補了種種烏煙瘴氣所帶來的難

受。

手機裡面有幾通未接來電，有何家須有公司有警察局就是沒有蕭謹中。

沒有蕭謹中。

我們之間所有的一切，是不是就這麼結束在那個早晨？

08

傻傻看著手機，過去的畫面不斷出現在腦海裡，接著不知道為什麼一衝動就帶著錢包鑰匙衝出家門，跳上計程車往蕭謹中的家出發。

因為距離不遠很快就到達，下車之後站在大樓門口突然畏懼起來，我來這裡又是做什麼呢？明明是自己對人家說出了那麼重又那麼過分的話，為什麼還要因為他真的遠離又覺得悲傷呢？

走進他們社區的大廳，管理員抬頭看見我就說：「啊是妳啊，但蕭先生還沒有回來耶，妳跟他約好了嗎？」

頓時覺得管理員根本神記憶力，雖然我來過幾次，但能記得也太厲害。

「沒……沒關係我等他一下。」我尷尬地拿份報紙跑到大廳最角落的地方躲在柱子後面假裝悠閒地看報紙。

隨著時間慢慢流逝，憑著衝動而衍生出的勇氣也一點一點消失，我到底在這裡做什麼啊？不知道什麼時候偷偷溜走才不會被管理員看見。

不斷看著管理員的動作，終於，他轉身進入後方的小房間了，好機會！

趁他不注意的時候我趕緊放下報紙往門口跑過去，跑出門口後我又後悔了，不論如何還是想見他一面。

在今天之前我都沒發現自己的性格那麼反覆又那麼討厭，原來以前大家不喜歡我是有原因的。

走到他們大樓外一個不起眼的裝飾柱旁邊站著，這柱子上方有一大片傾斜的屋簷，所以這角落剛好很陰暗，既可以看見他們停車場電梯出口又符合我現在的心情，管理員說蕭謹中還沒回來，那就代表不論多晚，只要等待就一定會等到他。

還好蕭謹中這個社區規定很奇怪，停車場電梯無法直達各住家樓層，必須從停車場搭到大廳，再從大廳換搭各棟電梯，當時陪蕭謹中轉搭電梯還覺得好麻煩，現在覺得這真是太棒的設計，又安全又貼心。

就這麼飯也沒吃、藥也沒吃、手又痛地佇立在街頭等著，想起蕭謹中等待我的心情，想起他對我的點點滴滴，又覺得難過起來。

儘管我對自己跟他之間的差異感到無比恐慌，但如果能夠啟程，是不是有天可以到達他的世界？我是不是偶爾可以奢望些不該擁有的事物？

知道自己只是為了想見他在找藉口，什麼好聽的話都是假的，只是想見他一面，就看他一眼，不說話也沒關係，至少看見他好好的，這樣就可以了。

大概等到我的胃快要穿孔，電梯開合了數百次之後，終於看見他從電梯裡走出來，看著他大踏步走出電梯的身影，突然眼眶熱起來，以前一兩星期沒見到他都不覺得怎麼樣，現在為什麼會覺得好像很久沒見到，而且這揪心的情緒是怎麼回事。

他走出電梯的面容帶著微笑，微微勾起的嘴角，帶著笑意的眼神，迅速地偷走了我的心跳。

接著畫面好像慢了下來，看著他停下腳步轉身，順著他眼神的方向看過去，是一個可愛的女生，頭髮短而俏麗，穿著打扮看起來都充滿年輕朝氣，正跟他相視而笑。

那一瞬間胃突然抽痛起來，我深呼吸靠著柱子蹲下，抱著膝蓋將自己隱藏在柱子的陰影裡，還好這裡燈光很暗，還好我沒有待在大廳裡讓他覺得難堪，還好他看起來沒有太難過，還好他還會微笑，還好他的生活圈比我豐富得太多，還好有人陪著他，他應該有吃晚飯吧，還是等下也會上樓煮飯給她吃呢？

那個早晨，他就已經離開我了。

我為什麼還在掙扎呢？是我推開他的。

不斷告訴自己只要看見他過得好就好，我自己不敢喜歡他，難道還不許別人走在他身邊嗎？

可是這幕來得這麼迅速又這麼用力，頓時打得我毫無招架之力。

就在蕭謹中跟女孩說說笑笑正要上樓的時候管理員叫住他，可能是跟他說我來過，接著蕭謹中眉頭一皺環顧著大廳，又走到大廈門口往外張望了幾眼。

試圖將自己往更黑暗的角落擠，我好怕他看見我。

然後他搖搖頭，轉身走回大廳，跟管理員說了幾句話之後，就跟女孩一起搭乘往他家的那台電梯。

搭載著他們兩人的電梯關上門，他的臉消失在視線中那瞬間，我也終於發現痛的不只是胃，還有心。

我抱著膝蓋低頭無聲地掉下眼淚，今天到底怎麼了，為什麼總是哭。

之後我站起身，沿著來時的路慢慢地往回走，數著一個又一個的公車站牌，望著來往的車跟人，手已經不會痛，胃也不痛了，只剩下零星的眼淚不受控制，邊走邊數數，原來我跟蕭謹中住的地方只距離了十個公車站牌。

十個公車站牌的距離，卻要用如此久的時間來接近彼此。

明明曾經這麼近，我卻還是推開他逃走了。

不知道過了多久，終於看見自己住的那棟大廈出現在眼前，門口管理員位置空空如也，難道已經超過十點了嗎？時間過得好快。

走回房間打開燈才發現雞蛋忘記拿去冰，不知道會不會壞掉。

慢慢地把今天買的食材都收拾好，一轉身差點踩到自己掉在地上的手機。

手機有未接來電，可是是何家須，他打了六通，還是沒有蕭謹中。

何家須的訊息在 line 上不斷跳出來，但是我全都沒有讀。

把手機電源關掉，之後可以假裝蕭謹中有打來過只是沒打通，不是沒打來。

想到這裡我笑自己怎麼這麼悲哀。之前利用別人喜歡自己的心情去偷取溫暖，現在卻又親手推開曾經渴求的溫暖。

明明推開了人家卻還是想念人家，我這是怎麼了，都快被自己給弄瘋了。

門鈴響起來，畫面上出現了何家須大大的臉，我不敢拿起話筒，害怕自己一拿起話筒就會崩潰。

衝進房間拿出最大的旅行箱，開始把自己的衣服跟用品都丟進去。走吧還是走，現階段我能想到的只有逃走。

這種狀況下我不知道要怎麼面對大家，更無法看著蕭謹中跟別人在一起。

以為自己可以接受他跟別人談戀愛微笑擁抱，我以為自己對他的懷抱只是一時迷戀，沒想到這痛楚來得這麼強烈。

眼睛看不見，耳朵聽不見，就不會感受到他。

只是吸收了幾天的溫暖，就足以灌溉我喜歡他的情緒茁壯成長嗎？

我得找個地方冷靜下來好好想想，找個誰也不知道的地方，找個誰都找不到我的地方。

門鈴安靜下來，我把剛剛胡亂丟進行李箱的東西又倒出來，只帶了背包，裝進必要的衣物跟生活用品。

整理好之後我在天微微亮的時候離開，在國道客運轉乘站沒有目的地看著各個縣市名稱。

往哪裡去呢？就挑一台最快出發的吧。

至少是往南邊走，還能感覺溫暖。

逃避吧，視而不見或許能治療。

搭上往南的客運來到嘉義，沿著看起來最熱鬧的路隨便亂走，選了嶄新裝潢名字時髦的個人旅社，走進飯店丟下背包倒在床上的瞬間，這幾天的疲倦洶湧地攻擊我所剩無幾的體力，閉上眼的同時就這麼墜入夢鄉。

醒來的時候房間全黑，開燈一看錶才知道已經晚上七點，天啊我竟然睡了這麼久。

夢裡沒有見到什麼人，也沒有什麼悲傷的事情，只覺得醒來之後渾身痠痛。

從背包裡拿出手機，猶豫著要不要開機。

想起昨夜何家須著急的臉，還是得告訴他我還活著沒有想不開，不然他應該會去報警。

看著手機開機的畫面，心想著平常都沒有覺得開機時間這麼長，為什麼今天等到連手心都微微冒汗。

開機連上網路之後，手機狂震動，訊息量不知道有多少。

Line 訊息，臉書訊息，手機門號的訊息，總之訊息都超多，不知道先打開哪一個軟體好。

正在猶豫要先看什麼的時候，手機響起來，何家須，趕緊接了電話。

「喂？」

「喂個屁！妳人在哪？」何家須口氣異常兇狠。

「在外面。」

「哪裡外面？」

「就……就出來玩啊，怎麼了？」講得有點心虛。

「出去玩？什麼時候的事？」

「就……昨天啊，昨天跟你講完電話之後，突然想轉換一下心情，就出來玩，哈哈。」我邊講話邊感覺臉熱起來，還好何家須不在面前，不然肯定被一眼識破。

「原來如此。」他停頓了三秒之後又大叫：「妳以為我會這麼說嗎？妳給我好好交代清楚，到底在搞什麼鬼，什麼散心？我一點也不相信！」

「我，我想出來玩。」

「放屁！還有妳幹嘛拒絕蕭謹中，又不是不喜歡他，我覺得你們倆挺不錯的啊，雖然兩個好朋友在一起感覺是噁心了點，但是我可以勉強接受，只要不在我眼前出現太過分的行為，我還是可以祝福你們啦。」

「我就覺得……唉。」

「嘆什麼氣啊，該不會是……啊！蕭謹中不行嗎？你們要做的時候發現的，所以妳才拒絕他。」

「喂！你可不可以不要滿腦子都是這個。」我差點把剛剛喝的水噴出來。

「這很重要啊，不然還有什麼事。」

「就是……我覺得他，應該，沒有很喜歡我？」

「妳傻了嗎？他大概已經把最珍貴的青春都用來等待一個超級遲鈍的笨女人了好嗎？妳說他沒有很喜歡妳？妳真的是腦袋有問題。」

「可是……」

「可是什麼？」

我怎麼能說出自己因為很想念他就跑去他家樓下堵他，結果看見他跟其他的女人說說笑笑，就難過得一路走了八百公里回家，然後還難過得想要逃走，還覺得世界只剩下自己一個人覺得只有我最悲慘。

這麼沒面子又沒尊嚴說出來又絕對會被何家須嘲笑的事情，我是絕對不會讓人知道的。

「總之我覺得我跟他之間有太多變數。」

「白癡，那我問妳，妳喜歡他嗎？」

「還……還可以。」我怎麼好意思說因為那幾天他對我的態度讓我覺得臉紅心跳實在是無地自容呢。

「那妳可以想像自己跟他接吻的鏡頭嗎？」

何家須你什麼也不知道，我們老早就……現在回想起那個畫面，還是覺得好像失去自己，蕭謹中的懷抱，蕭謹中的體溫，蕭謹中的嘴唇。「呃……」

「天啊你們做了！」何家須在電話那端大叫，我耳朵嗡嗡響。

「沒有沒有沒有！」我搖頭否認，拒絕想那麼限制級的鏡頭。「我們沒有，不過就是……」

「你們也太誇張了吧，在哪裡？在醫院嗎？天啊醫院你們也這樣，你們毫無道德毫無羞恥毫無耐性毫無倫理綱常，可是我好喜歡，好棒啊好刺激啊好浪漫啊。」

「你冷靜一點好不好？我們沒有好嗎？」

「那你們到什麼程度？」

「你打來到底要做什麼啦！」我覺得自己惱羞成怒，沒想到人生也有被何家須逼到無路可退的時刻。

「不要轉移話題，給我好好答。」

「什麼都沒有。」

「放屁！妳說妳現在人在哪？」

「嘉義悠遊單人旅社603號房，海洋沙灘風格。」我看著門卡上寫的字照唸。

何家須又罵了我幾句之後，意猶未盡地切掉通話，我坐在床上，飢餓感如浪潮般襲來，才想到好像很久沒吃東西。

走出飯店，夜晚的嘉義非常熱鬧，還以為是鄉下地方，沒想到竟然有這麼多人，還有這麼多店都排隊，真是令人眼界大開。

拿著飯店給的地圖，邊看邊往前走，路上好熱鬧，平常最討厭排隊的我也跟著湊熱鬧排隊，排了三十分鐘終於拿到手中這杯茶，果然很好喝，濃郁的果香撲鼻而來。

開心地喝光了飲料，想到如果這時候蕭謹中在這裡，肯定會覺得我很幼稚跟小孩一樣。

這個念頭蹦出來的時候已經來不及了，本來打算都不要想起他，都不要想起過去的事情，甚至不要再回去台中不要再遇見他，可是這念頭一出現，我就覺得自己很想他。

為什麼，才幾天而已。

為什麼會突然喜歡他？我是不是吃錯了什麼藥？還是蕭謹中會催眠之類的？

那麼多年只把他當成好朋友，只是有天跨過了那條界線，兩個人相處的背景從天空色變成粉紅色愛心，突然就變得很想念他。

不，不能多想，我搖搖頭。

沿著很多觀光客的街道一直走，看到許多攤位賣著熟悉的食物，就會有蕭謹中的影子突然冒出來，像是喜歡的鹽水雞，嘴饞想買的時候常被蕭謹中擋住，碎碎唸著那不好不要多吃，看見香腸的時候又想到他說香腸有很多添加物，還有外面炸的食物用的油都不好，要吃的話最好自己炸……

原來不知不覺中跟蕭謹中之間存在這麼多連我自己都忽略的回憶，他總是在我生活中，雖然話很多雖然很囉唆，雖然大部分的時間都是在碎唸我，但現在才想起那些碎唸的背後原來隱含著他對我的關心和喜歡，只是我是頭驢完全沒發現。

何家須應該也是很久以前就知道了，現在想起很多場景何家須的反應都很怪異，當時不覺得有什麼，現在回想起來卻處處有玄機。

蕭謹中一個人默默地忍受了那麼多那麼久，我卻對他說那些話。因為自己害怕得不知道該怎麼面對，就選擇不要他的感情，就選擇不去面對這一切，真是荒謬得不像我自己。

說到荒謬，這之前的一切又何嘗不是荒謬無比呢？

不行，我得堅強才行，轉頭進便利商店抓了手啤酒，今天我要大醉一場好好睡覺。

走出便利商店站在人群來來往往的街頭，又覺得自己很孤單，這麼多年來孤身一人的堅強，終究還是被那幾天的溫柔相待給瓦解。

至今為止的人生我好像總是在想著別人對我怎麼不好，世界對我怎麼不公平，獨自一人走過的那些歲月變成枷鎖，鎖住我嘗試的勇氣，讓自己害怕付出。

在辦公室裡我總是想著他們在背後批評我，所以拒絕與他人相處，張洛勝對我的好我認為理所當然，忽略自己正在傷害他，蕭謹中對我的好，我也以身為好友理所當然地享受著，卻沒有想過背後可能有的意義，或許一直以來都是我把自己孤立在過去的痛苦裡嗎？

我突然明白了自己藉著孤單之名，掠奪著他人對我的感情。

原來我才是最卑劣的人嗎？我有什麼資格逃避呢？

就算害怕，也應該要對蕭謹中坦誠相待才是。

這念頭一出現，就顧不得受傷的手腳都在痛，用最快的速度想走回飯店，手機在房裡，我要回去打給他，我要回去問他，就算他真的放棄了我也得面對，也該親耳聽見。

不管如何，都應該謝謝他曾經給我的感情，給過我的呵護，更重要的是對他說抱歉，不應該說謊。

回到房間迫不及待地拿起手機，要撥出的瞬間卻又停下動作，想著自己是不是過於衝動，是不是應該冷靜下來好好想想。

拿著手機，打開啤酒一口灌下，總算生出點勇氣。

算了，被拒絕就被拒絕吧。

按下撥號，電話接通了，鈴聲響的這幾秒好漫長，我不斷祈求蕭謹中不要接電話，就當成我努力過但是沒有成功，我希望他不要接，卻又希望他接。

一直以為自己面對感情的時候很決絕很灑脫，沒想到今天竟然也落到這種地步，拿著手機無所適從。

電話轉入語音信箱，我不知道自己應該覺得惋惜，還是應該鬆一口氣。

拿著手機發呆，接下來呢？

我到底應該做什麼？

啤酒好難喝，可是喝下去之後會比較輕鬆。

想起那時選擇放棄的媽媽，她的心裡在想什麼？如果現在可以找到她，我想問她有沒有後悔當時這麼做？失去了生命，我們是不是就可以把這些難過跟痛苦都放下？

與其活著這麼軟弱地面對世界，不如從新生的地方重新開始嗎？

當時的妳，為什麼要這麼選擇呢？

我還在妳身邊不是嗎？留給我這麼難受的記憶，留給我這麼孤單的情緒，妳有沒有一點點覺得後悔？

我真的很害怕再度把感情放在一個人身上，然後他突然間就離開我，不論是生理上的離開或心理上的離開，那種被拋下的感覺，我不想再經歷一次。

真的有一個人可以永遠不離開我嗎？可以永遠愛我嗎？

全心地相信一個人然後被拋棄的滋味很苦，當初以為只有我跟媽媽兩個，也可以讓家庭很美好，可是她沒有這麼想，她只是放棄了。

這個念頭閃過之後，突然想到我自己不也是逃走了嗎？

從蕭謹中的感情裡逃走，從何家須的關心裡逃走，更別說張洛勝。

房間裡冷氣運轉的聲音很大，隔壁房間說話的聲音隱約傳過來，走廊上有群人拖著行李走過，不論我如何，世界同樣運轉著。

桌子上放了三個空的鋁罐，正在打開第四瓶，我酒量真好。

真的有可以放棄的勇氣嗎？

腦海裡跟蕭謹中的往事一幕幕跳出來，他煮飯的背影，他唱歌的聲音，他送我回家的叮嚀，他來找蹲在路邊的我時那還沒有平復的呼吸，溫柔的笑意，如果我們能夠在一起，他會離開我嗎？

會有一天厭倦我所以離去嗎？

我害怕看著別人離去的背影，害怕被人拋在身後。

手機沒有響起，他不想接我電話，也不想再聽見我的聲音嗎？

那天的女孩……那天的女孩是他的新朋友嗎？因為我說出那樣的話，所以他決定離我遠去了嗎？

這麼多的問題這麼紛亂的情緒，都只是因為我很想他。

我真的很想他。

把頭抵在手機上，眼淚開始無法控制地往下掉，我真的已經不知道自己要的是什麼，又能做什麼。

我真是個軟弱又反覆的人。

就這麼喝著啤酒坐在床上想著過去的事情，那些好笑的不好笑的畫面，蕭謹中常常沉默地存在那些畫面裡，卻總是溫暖。

拿著遙控器隨便轉台，卻總是轉不到想看的畫面。

「叮～咚」不知道過去多久，我看著很久以前的電影，門鈴卻突然響了。

但這裡是旅館，為什麼連這裡的門鈴也會響？

是因為喝酒產生了錯覺嗎？

因為看了太多恐怖片，所以我很害怕門上的那個孔，深怕一看就會有刀從孔中戳出來刺進我眼球，但該看的還是要看，我鼓起勇氣拉開孔上的蓋子瞇著眼睛看出去。

蕭謹中？！

是蕭謹中的臉沒錯，我嚇得趕緊把孔蓋上。

「我知道妳在裡面，開門。」很久沒聽見的聲音在門外低聲說著。「千梓，開門。」

蕭謹中就在門外，雖然不知道為什麼他會在這裡，但是他就在這裡，隔著這扇門的距離在說話。

額頭貼著，雙手趴在門上，能不能隔著這扇門擁抱他呢？

「我好想你。」我對著門說，但又不希望他聽見。

「羅千梓。」門外的聲音是蕭謹中沒錯。「開門，現在。」

顫抖著拉開鍊子打開門的那刻，跟蕭謹中對上眼，此刻的他還穿著西裝，頭髮有些凌亂。

因為不知道要說什麼，只好抬起手試圖微笑：「嗨？」

蕭謹中就這麼不發一語地看著我，眼神像是要穿透靈魂般銳利。

我的手就這麼停在空中，放下也不是，不放下又手痠。

以為他要用力抱住我的時候，蕭謹中突然大踏步閃過我身邊衝進房間，先是皺眉看著啤酒，接著拿起我的背包，然後把手機什麼的都掃進裡面，轉頭對我說：「還有什麼是妳帶來的？」

我搖搖頭，接著蕭謹中揹著我的背包，拉住我手，帥氣地抽出房卡就帶我下樓。

「退房，感謝。」蕭謹中微笑著把房卡放在櫃檯桌上，櫃檯還是下午那個同樣的小姐，好像很少有人這時候退房，所以她有點驚訝但還是敬業地微笑：「是的。」

蕭謹中把車違停在飯店門口，黃燈閃啊閃的。

他打開門，俐落地把背包丟進車裡，轉頭看著我。

我想起忘記拿剩下的啤酒，回頭看了旅館一眼：「啤酒。」

接著蕭謹中把我塞進車裡關上門，也跟著上車，油門一踩，我往後貼在椅背上。

「安全帶。」

接著車子絕塵而去。

09

回到台中的時候，街道都已寂靜，車裡的音樂流淌在空氣中。

一路上蕭謹中都沒有說話，只是沉默地開車，缺少他習慣性的幾句叮嚀碎唸，氣氛有點僵硬，我頭好暈。

他沒有送我回家，逕直開回他住的大樓。

停好車搭電梯到大廳，他拉著我去找保全：「是她嗎？」

我趕緊遮住臉：「不是我。」

「沒錯，之前來找你的人就是她。」

蕭謹中又拉著我上樓，走進他家後熟悉的安心感讓我一路緊繃的情緒突然放鬆，也不管他想要罵我什麼，就直接栽進沙發靠著。

別問，什麼都不要問吧。

不要問他跟那女孩的關係，不要問發生什麼事，什麼都不要追根究底，就算只有一晚，也讓我假裝自己被愛著。

可是，我想起自己是想要問清楚的，那些溫柔是真的給了別人嗎？

蕭謹中去洗澡了，從浴室隱約傳出水聲，以前來他家混的時候都不覺得蕭謹中洗澡有什麼，怎麼今天覺得水聲有點催眠呢？

冰箱不知道有沒有啤酒？

躡手躡腳地走過去打開冰箱，啊真的有，又拿了一瓶打開咕嚕咕嚕灌著。

蕭謹中洗澡的聲音好吵，但聽著聽著覺得眼皮越來越沉重，意識越來越模糊。

這地方，有蕭謹中的味道。

閉上眼睛倒在沙發上，想著為什麼蕭謹中要來接我，明明就都不理我，不打電話給我，也沒有任何消息。

乾脆就走遠一點好了啊，我喃喃地唸著：「可惡，我也不要理你。」

「說什麼？」有水滴在臉上，睜開眼發現蕭謹中的臉就在正上方。

「嗨？」我微笑著對他說。

然後蕭謹中也微笑了，他低下頭，嘴唇貼在我的唇上。

那瞬間我覺得這幾天的事情都算了隨便，就這樣吧，不要思考未來會怎麼樣，現在幸福，就當成秘密吧。

接著他抱起我，我都沒想過人生可以體驗公主抱這麼偶像劇的場景。

蕭謹中輕輕地將我放在他的床上，我的視線則是越來越模糊。

「蕭謹中，我喜歡你。」

「我知道。」他又吻了我一次。「睡吧。」

就這麼在他溫熱而細膩的親吻中漸漸沉入夢裡。

在難得恬靜的夢裡，還覺得唇上有甜味，漾到心裡。

□

睜開眼睛的時候，因為蕭謹中的臉整個放大貼在面前幾公分處，一瞬間有點驚嚇，但慢慢想起昨天晚上的事情，除了臉紅之外就覺得是不是應該趁現在趕緊逃走。

這種情況等下他醒過來我應該要怎麼反應啊？

對，還是跑好了。

等下，應該有更重要的事才對，我輕輕拉開蓋在身上的棉被往下看，還好，衣服褲子全都還在，還好昨天沒有失去理智到做出難以挽回的事情。

「我不是那種人。」耳邊突然傳來蕭謹中的聲音，我嚇得大叫。

「我……我……」我抱著棉被，又發現因為我拉著棉被所以蕭謹中因為棉被被我拉走而露出光裸的上身。「你……你……」

「之前妳在我家不就常看見我洗完澡出來的樣子，怎麼今天表現得好像第一次看見。」

「這……這……」

蕭謹中微笑著靠近我：「昨天有人說喜歡我，記得嗎？」

好像有那麼點記憶，但這事還是不承認為好，我抱著棉被後退，忘記了床就那麼點大，「咚」地一聲摔到地上去，又撞到了那隻可憐的左手。

我抱著手在地上慘叫，蕭謹中飛快地衝過來身旁，我痛得眼淚都要噴出來。

沒多久後，又坐到那個醫生面前，醫生搖搖頭看著我：「妳怎麼又來了？不是讓妳回家好好休息？」

我苦著一張臉看著醫生：「不是我願意的。」

醫生敲著電腦螢幕上剛剛照好的X光影像：「又裂啦。」

結果醫生給我打了石膏看起來越變越嚴重，蕭謹中陪著我上石膏的時候臉色超難看，我還得安慰他說其實不嚴重啦只是醫生擔心我。

結果蕭謹中臉色更黑了也不知道我是哪裡說錯話。

打完石膏的時候覺得滿新奇的，本來想走回診間請醫生幫我簽個名好留作紀念，但看著蕭謹中的臉色我實在說不出來，只好等下次自己來回診的時候再跟醫生說。

從醫院出來之後，蕭謹中開車載我回家，我則是欣賞自己打上石膏的手，人生第一次打石膏，應該要拍照傳給何家須看。

車子開到我家之後，本來以為事情就這麼結束，我回家好好生活，他也回他家繼續自己的生活。

但蕭謹中走進我家之後，看見我丟在客廳的大行李箱就順手拖過來打開放在客廳正中央，開始在家裡走來走去，然後不斷地把東西放進行李箱裡面。

「做什麼啊？」雖然我手不方便，但還是可以走路的，我站起來擋住蕭謹中的路。

「幫妳搬家。」

「搬去哪？」

蕭謹中用一種理所當然的口氣說：「我家。」

「啊？」

「妳受傷，還是我親自照顧我比較放心。」

雖然有點突然，但是心裡有點感動，不過此刻又不是感動的時候，我們兩個現在這樣不是讓彼此之間的關係越來越混亂嗎？這不是我想要的。

說到這個我不禁又問自己：那我想要什麼？

就在認真思考這問題的答案時，蕭謹中的聲音又幽幽地出現：「那個……」

「什麼？」

蕭謹中的臉色有點紅：「妳內衣褲放哪，我幫妳拿。」

「我才不要！」我趕緊站起來走到房間拿內衣褲，可是想想又不對。

這下子不就真的要搬到蕭謹中的家裡去住？這樣到底代表什麼？萬一那個女生又來了怎麼辦？他家裡是不是有很多女生經常這樣來來去去？

「那個……」我把衣服趕緊塞到行李箱：「其實我自己住這裡也很方便……」

蕭謹中沒讓我把話說完，他走過來握住我肩膀：「妳要怎麼樣才能夠認真地面對我們之間的事情？」

我不知道，可以說我害怕嗎？

我看著他，選擇了誠實，至少面對這麼多年的朋友，我應當要誠實相待：「我就是因為認真的想過了，才知道自己害怕。」

「害怕什麼？」蕭謹中鬆開手。

「嗯……」我想了一下，走到沙發上坐下，試圖把所有的思緒都釐清：「小時候我以為自己很幸福，直到父母離婚，爸爸離開我們，後來我認真讀書、努力學習過生活，想讓媽媽知道只有我們兩個人也可以很快樂，希望我們還是可以彼此依靠，但後來她……走了，然後我才知道，原來不是我很努力就可以留住一個人，不管我多麼努力，人家想離開我是留不住的……」

蕭謹中坐到我身旁，把我挪進他的懷裡：「妳知道我喜歡妳多久了嗎？」

這時候提這個做什麼？「不知道。」

蕭謹中把下巴抵在我臉頰旁，輕聲地說著：「第一次看見妳是全校歌唱大賽，活動中心搭起個大舞台弄得氣氛很怪，妳穿著一件仙氣飄飄的洋裝站在台上，拿著麥克風開始唱歌，我本來只是經過活動中心，聽見妳的聲音多看了兩眼，不知道為什麼妳歌聲裡有種很濃重的哀傷，後來打探了妳的系級開始留心妳的消息，本來我對這些事情沒有興趣，但系上有幾個學妹把妳講得很糟糕……」

這些事情我從來沒有聽蕭謹中說過，感覺好近又好遙遠的大學生活，因為喜歡唱歌所以大二時參加學校的歌唱大賽，雖然晉級卻也在網路上被批評得一無是處，那時候我不知道自己招誰惹誰，只是唱個歌也要被說成這樣，覺得人生很灰暗，好像做什麼都不對。

蕭謹中繼續說著：「那時候我就想看看妳是不是跟這些人說的一樣，

查到妳的課表，選了幾堂課，跟著妳一起上下課，觀察妳的行為舉止，才慢慢發現妳和傳言不同，妳總是自己一個人，好像沒有什麼朋友，但總是客氣而疏遠地對待每一個人……」

我的眼睛有點熱，雖然現在記憶淡了，但是那些無緣無故被人抹黑的日子對我傷害很大，其實回想起來或許有更好的解決方法，但當時的我還年少氣盛，不想也不願意為了自己而多做解釋。

「我們一起修了門通識叫英文話劇，快期末的時候得分組演戲，我去找妳一組的時候妳表情很驚訝，不過還是答應了，接著跟妳約時間討論劇本，演出時也很成功，看著妳最後一幕時的笑容，我就知道自己喜歡妳，一直到現在。」

那是多久以前的事情了？這門通識課讓我認識何家須跟蕭謹中，何家須剛好也在我們這組，演技浮誇，但也博得眾人一致喝采。

我還記得他在台上哭著吶喊女主角的名字，嚇到我也嚇到女主角，女主角差點死而復生。

我微笑：「那時候我覺得你很兇耶，每次討論劇本的時候都皺著眉頭，表情也都很嚴肅，那時候我為了要跟你開會，在房間反覆的讀那故事，然後想辦法把它改成好一點的樣子，不過那時候同組的朋友都覺得你很厲害，長得又帥。」

蕭謹中握著我的手，手指在我掌上輕輕撫著。

「從那次話劇之後，我跟你還有何家須才慢慢地熟起來，你們會找我吃飯，找我去玩，現在想起來，那時候也算是因為你們才讓我覺得生活開始變得有趣。」

「所以妳說我喜歡妳多久了？」蕭謹中的唇就貼在我耳邊說話，溫柔得像童話故事。「妳不需要害怕什麼，那麼長的時間我只能等待，就是等妳有天會發現，可是妳一直都傻乎乎的，只好讓我自己來推銷自己了，其實這對男人來說滿沒面子的」

「什麼傻乎乎？」我給了他一掌。

「這麼多年來我也是炙手可熱告白不斷，卻一直沒有交女朋友，還對妳特別好，妳竟然一點也沒有發覺。妳不覺得自己對不起我嗎？」

「我怎麼知道？你對朋友不就都是這樣嗎？」

「妳是頭驢嗎？我每次約妳吃飯都會刻意坐在妳身旁，每次送妳回家都是特別繞路，每次妳喝醉都一定是我陪著妳，何家須有時候忍不住也會暗示東暗示西，難道妳什麼感覺也沒有？」

「我是有想過，不過又覺得不可能。」我搖搖頭：「後來就覺得你對朋友真好。」

「所以說妳傻。」

這麼一說我還真是遲鈍。

「我還得眼睜睜地看妳交男朋友，妳說這是不是很殘忍？」

「可是……」

「可是什麼？」

我有點遲疑，但又想要把話說清楚：「那天我去你家找你……」

「那天啊。」蕭謹中笑了。

「笑什麼？」

「沒事，妳繼續說。」

「不就那天，就……」我抓抓頭，該怎麼說才會不丟臉。「因為你都沒有消息，我擔心你……」

這樣說好像也不太對。

「妳會擔心我？」

「也不對，就是，因為我說了一些太重的話……」

「例如？」

「就我說了太過分的話……」

「說什麼？」

「你現在是在逼我嗎？」我轉頭看著蕭謹中。

「我想不起來。」蕭謹中裝無辜的臉還真是第一次見到。

「就說我不喜歡你……」這簡直跟拷問一樣，我臉都快要燒起來了。

「可是妳昨天說喜歡我。」

「我是喜歡你，可是我更怕你家那種有錢人的架子。」

「我家哪有什麼有錢人的架子？」

「我只是一個無父無母的人，沒有任何依靠，也沒有顯赫的背景，怎麼配得上你這種家裡隨便一盞吊燈都超過我幾個月薪水的人。」

「那燈又不是我買的，是建商給的。」

「重點不是這個！」蕭謹中才是驢，他聽不懂我說什麼是吧。

「那重點是什麼？妳要嫁給我了嗎？」

「啊？」

「我們什麼時候結婚？」

「結……結……」剛剛的主題是這個嗎？「不是在說這個，我是說……」

「那天晚上，店長跟我一起來家裡拿店裡的預備鑰匙順便交代店裡的設備進駐細項，警衛跟我說妳來找我，我就趕緊把事情交代完開車去妳家，可是妳沒有回應，我以為妳躲著不理我。」蕭謹中嘆了一口氣：「我也是會生氣的，那天妳對著我說了那些話，回來我氣了很多天，覺得妳狼心狗肺……」

「喂！狼心狗肺也太誇張吧。」我不滿地戳著他的手。

「妳換成我生不生氣？」蕭謹中瞪著我。

我低頭想了一下：「生氣。」

「有人對等她這麼多年的黃金單身漢視而不見，跟別的男人在一起，最後男生忍不住終於告訴她自己喜歡她，明明她也喜歡對方，結果竟然因為不清不楚的害怕就拒絕了他，還擅自誤會男生帶女人回家，後來又決定不面對現實選擇逃跑，妳說說這一連串行為對嗎？」

為什麼從這角度說起來我好像沒有一件事做對。「蕭謹中我有這樣嗎？」

「我有哪一件事說錯了嗎？」

雖然沒有，但總覺得好像哪裡怪怪的。

此時我的手機響了，蕭謹中一看來電顯示就拿起來講：「在忙。」

「忙什麼？為什麼跟我老婆忙？！」果然是何家須。

「現在是我老婆。」蕭謹中講完這句話就把電話給切斷，把手機丟到旁邊去。

「什麼老婆。」我嘟囔著。

「跟何家須還在那裡互相假裝男女朋友，叫我情何以堪。」

「對不起。」從過去，到現在，我一直都在傷害他，卻沒有發現。

「對不起什麼？」蕭謹中的口氣依然寵溺，他說話的語氣總是這樣，而我從前竟然一絲也沒有察覺。

從他叮嚀我不要跟別人喝酒的語氣，從他讓我在計程車上靠著他肩膀上的溫柔，從他傾聽我每次抱怨跟張先生的事情裡，從他聽見我出事第一個趕到現場，從他為我做的每頓飯裡，從他每一次陪著我喝酒吞下的苦澀裡，從他在我門外無止境等待的時間裡，我在他年復一年的感情中毫無知覺的活著。

「對不起。」回想起這些事情忍不住眼淚就掉下來：「我沒想到，自己什麼也沒有察覺到，就這麼利用了你喜歡我的心情。」

「沒關係。」他用手指擦著我臉上的眼淚。「別哭了。」

「我也曾經想過，妳是不是永遠都不會發現，又覺得我都這麼認真了或許有天妳會知道吧，我自己跟自己賭氣，也跟妳賭氣，覺得一定要讓妳自己先問我，那天在醫院妳問我的時候我覺得這麼多年好像都突然值得了。」

「傻子。」我看著他，眼淚還在掉，心裡卻覺得好暖。「你這傻子。」

如果能夠早些發現，是不是可以不用繞這麼遠的路？

「我也想過是不是應該放棄，有時候心灰意冷，看著妳難過看著妳寂寞，妳寧可在那種關係中掙扎卻還是沒有想到我，有時候我自己坐在家裡邊喝酒邊看著窗外，也不知道自己到底在做什麼。何家須常常罵我為什麼不告訴妳，我也常常問自己，或許，我希望妳有天愛上我而不是因為想要找一個逃避的地方。工作上的決定對我來說很容易，那些決定總是幾分鐘就可以選好了，唯獨妳，我在繼續喜歡妳跟放棄妳這兩個決定中掙扎了這麼多年，還不知道該選什麼。」

聽見他的話我覺得更難過：「對不起……」

「那天……」蕭謹中抱著我，下巴靠在我的頸側：「妳說了那樣的話之後我本來想要放棄，覺得夠了，收到這樣的回答，我覺得是不是應該下定決心放手。」

撫著蕭謹中的頭髮，心疼他的難過，如果不是我，他其實可以不必過得這麼辛苦的。

「但是那天晚上妳來了，妳不知道我聽見警衛說妳來過我有多開心。」

「我心裡很掙扎，知道自己喜歡你，可是又糾結在過去的事情裡，害怕有天我終究會失去你。」

「現在呢？」

「現在，我只想告訴你我很喜歡你，很喜歡你。」

「從今以後……」蕭謹中收緊他的手臂：「所有妳會害怕的事情我全都會解決，我們在一起吧。」

「嗯。」我在他的懷裡笑著點頭。「一起。」

就算是夢也好，此刻在他懷裡所能體會到的溫柔，應該就是全部了。

「一起。」他也笑著回應，更緊地抱住了我。

一直尋求著的，或許就在身邊。

陽光從窗戶照進來，映著我跟蕭謹中緊緊相擁的模樣，那麼暖，那麼真實。

10

從那天微笑著答應蕭謹中之後，已經過了整整十天。

這十天來他一早替我做好早餐擺好該吃的藥之後出門上班，中午有時候回家陪我吃飯有時候公司開會，下午回去上班，晚上又回家煮飯給我吃，這種養豬也似的日子過了十天，我覺得自己不能再這麼下去，應該要約何家須去健身房才對。

說到何家須，那天蕭謹中掛了他電話之後，他隔天打過來跟我確認，我笑著跟他說我跟蕭謹中的事情，何家須竟然有點哽咽的說蕭謹中這麼多年沒白等，我問何家須為什麼都不告訴我蕭謹中喜歡我。

「他說，這種事情如果還需要朋友去說，得來的答案就沒有價值。」何家須這麼回答。「而且我知道他喜歡妳也是看他行為怪異跑去逼問他，他才跟我說的，不然妳以為依照他這種個性有可能告訴我這種事嗎？」

想想感動，卻又心疼他這麼多年的等待。

雖然對未來還有很多不確定，但跟蕭謹中約好了要一起面對。

晚上蕭謹中說有場飯局得一起去，五點多他開車回來接我時，我已經化好妝在等他。

看著他嶄新的西裝，我看著自己略顯素雅的洋裝：「這樣好像不太搭。」

「沒關係我買好了。」蕭謹中不知道從哪裡變出個大紙盒。

打開一看，是 Vera Wang 的小洋裝。

我不敢置信的看著蕭謹中：「你怎麼知道我喜歡 Vera Wang？」

「好像沒有女生不喜歡 Vera Wang，我連婚紗也訂好了。」

聽到婚紗我心裡一驚：「什麼婚紗，你不要胡亂計畫。」

「秘密。」蕭謹中神神秘秘地笑著：「快去換吧。」

這件斜肩小洋裝深得我心，穿上之後開心地跑去客廳讓蕭謹中看。

「很好看。」他看看錶：「該出發了。」

還好當初有把心愛的高跟鞋們一起帶過來，我有很多個月的薪水都拿來買心愛的高跟鞋，一定要好好愛惜的。

挑了雙還能跟這件衣服搭配的鞋，走進電梯差點摔倒，被蕭謹中一把拉住：「才拆了石膏就又迫不及待想摔倒嗎？」
「我太久沒穿這鞋，讓我適應幾分鐘。」我看著蕭謹中吐舌頭。
「這樣高度剛好。」蕭謹中說完話之後突然靠過來把我壓在電梯邊上，重重地吻了我。
我的臉突然發熱，喂，電梯是公共場合耶。
走出電梯之後我還在想口紅肯定掉色，走到要下停車場的電梯口時正好遇到警衛先生，警衛先生看著我們一副想笑又不敢笑的樣子。
蕭謹中大方自然地點頭示意之後，牽著我又搭上往停車場的電梯。然後他對我說：「妳知道我們的電梯裡都有裝監視器嗎？」
「蕭謹中你！」難怪剛剛警衛大哥要笑，可惡！
「這樣他就會知道以後不僅可以讓妳來找我，還可以放妳直接上樓到我家了，蕭太太。」
「我才不是什麼蕭太太。」
「我是不會放妳走的。」蕭謹中又貼著我的唇說話。
「別這樣我妝會花。」妝大概會被我臉上的高溫融化吧。

「要不是等下得參加宴會，真想拖妳回家好好親。」
「變態。」
蕭謹中哈哈大笑，牽著我一起去取車。
開車時我看著他的側臉，雖然這幾天已經天天看他看得有些膩，卻還是覺得自己能有他的陪伴真好。
他上輩子應該欠了我很多很多，所以需要用那些難受的時間來償還，不過現在開始換我把這些都還給他。
用很多喜歡很多愛，還給他。
「在想什麼？」蕭謹中邊開車邊問我。
「想自己太快喜歡上你。」
「哪裡太快，我努力追求了這麼多年才被接受的。」
「你那些行為哪有普通女生會察覺到。」
「之後我表現得明顯點。」趁停紅燈，蕭謹中轉頭看著我：「一定讓妳察覺到。」
「好唷。」我挑釁的笑，心裡卻滿滿的幸福。

車子開進寒舍艾美停車場，停好車之後我到化妝室補妝，然後跟蕭謹中牽手一起上樓。

「今天這是什麼場合啊？」

「就我哥公司的中秋晚宴。」蕭謹中捏捏我的臉：「放心，大家都會喜歡妳的。」

「大家是？」

「今天我爸媽哥哥姊姊全都在，妳這個美媳婦終於要見公婆了。」

「你怎麼不早說。」我現在真的開始有點緊張。

「早說跟晚說不都一樣要來，早說妳又胡思亂想，沒有比較好。」

走進宴會廳，這次餐會是 Buffet 模式，人群或走或站著聊天，蕭謹中一走進去就被認出來，開始熟練地跟人寒暄起來，每走幾步就有人跟他打招呼，他都恭謹有禮的跟對方小聊幾句，真是有大將之風。

前方五公尺處出現蕭謹中的媽媽，雖然只有見過一次，但還是隱約記得她，果不其然蕭謹中拉著我走過去。

「媽，我們來了。」蕭謹中牽著我的手走過去。

「謹中來了啊。」阿姨還跟記憶中一樣，穿著長禮服手拿高腳玻璃杯，眼神有點太熱切地微笑著。

「這是羅千梓，我女朋友。」

「阿姨好。」我臉上微笑著，心裡卻在發抖，腳好像也快發抖。

「唸了你這麼久終於帶女朋友回來給媽媽看了是嗎？」阿姨唸完蕭謹中後轉過來拉起我的手：「歡迎妳，玩得開心點。」

話都還沒說完旁邊有人叫她，阿姨就很抱歉地拍著我手對我說：「本來第一次見面要好好招待妳，但阿姨今天會比較忙一點，沒辦法好好聊，改天再來家裡啊。」

說完阿姨就轉頭繼續跟人敬酒聊天，留下我跟蕭謹中站在原地。

我如釋重負，肩膀瞬間就放鬆了。

「我媽很好相處的，不必想太多。我們家基本上各自之間的生活不互相干涉，我哥當初也是自願接公司的，本來我爸想說沒人要接就算了，妳看我們家多自由，現在有沒有很想嫁給我？」

「還沒有，而且你不必講得這麼大聲吧。」

「妳害羞啦？」

「蕭謹中，你個性怎麼這樣？我感覺過去認識的你都在這陣子消失不見變成眼前這個登徒子。」

「我不但是個登徒子，還是最喜歡妳的登徒子。」蕭謹中摟住我腰靠在他身上。

「小聲點。」我趕緊低聲提醒蕭謹中。

因為是 Buffet 也沒有固定座位，這種場合大家一定都是走來走去互相交流名片，公司的這種場合重點不是吃飯，是擴展人際圈，不過顯然眼前這位蕭先生的重點是吃飯，他拿了一整盤的食物，拉著我坐下：「趕緊吃，別餓著了，我是帶妳來吃飯的。」

「哪有人這樣？你看有哪家小姐來這裡會吃這麼大一盤的。」我抱怨地對蕭謹中說，這種場合女生只能吃沙拉好嗎？

「總之我不管其他人，只管妳。」

「你呢？」

「我再去拿。」蕭謹中說完就真的又去拿盤子裝了一大盤回來，途中還被攔截閒聊了一下。
我慢條斯理地吃著，深怕自己的形象毀掉，雖然沒人認識我，也不能讓人家看見我吃得肚子鼓起來吧。
「怎麼吃那麼少？」蕭謹中回來坐下，真的把這場子當作吃飯的地方，從容自在地吃了起來。「這龍蝦不錯，要不要多吃點？我等下幫妳拿。」
「你自己多吃點，餓了吧。」
「今天是真的餓，中午開會，只吃了三明治。」
「怎麼不讓我給你送便當？」
「妳紀錄不好，出門老是受傷。」
要不是因為穿著這身洋裝我得有氣質，聽到這句話一定翻白眼給他看。「那都是意外。」
「總之，我覺得不行。」
還來不及頂嘴，一陣香奈兒經典香味飄過來身邊。
「謹中。」
蕭謹中跟我同時抬頭看向聲音的主人。

「大嫂。」蕭謹中微笑：「剛沒看見妳跟哥，我就先吃飯了。」

「這位是？」大嫂一雙美麗的眼看向我，我都快要愛上她了，果然是公司老闆娘，妝髮都很專業。

蕭謹中拉著我站起來：「羅千梓，快要變成老婆的女朋友。千梓，這是我大嫂林佳慧。」

「妳好，不用太拘謹，叫我 Vicky 就好。」大嫂眼裡閃過了驚訝：「之前都沒聽你說過，怎麼突然……」

「就像大哥說的一樣，做事要講求效率。」

「我好像聽見有人說我壞話。」蕭謹中話才講完，又有一個人從旁邊冒出來。

「哥。」蕭謹中跟來人眉眼之間很相似，不過顯然他哥哥比他更高些。

「謹懷，這位是羅小姐，謹中瞞得一絲不露的女朋友。」大嫂拉著她老公的手，撒嬌也似地說著。

「歡迎，謹中沒有怠慢妳吧？」哥哥也是一身西裝筆挺的樣子，基因好啊。

正想要開口回答，卻被旁邊蕭謹中拉住。「怎麼會，我疼她都來不及，好了，你們趕緊去找別人，我得陪老婆吃飯。」

我的臉快要燒起來了：「蕭謹中……」

「哈哈哈，我們知道，這就走這就走。」哥哥哈哈大笑轉頭對大嫂說：「老婆，妳要不要也吃一點？我們不要輸了。」

「蕭謹中，你別這麼誇張，」

「我開心嘛。」蕭謹中握著我的手：「謝謝妳。」

「謝什麼啊，快吃飯。」

「是的老婆。」

我終於忍不住翻了白眼，蕭謹中這種肉麻當有趣的場景每天在家裡都會上演，沒想到今天來到這種場合，他也到處曬恩愛，連我自己都覺得不好意思。

好不容易把蕭謹中給我的那一大盤吃完並且阻止他想繼續叫我吃的念頭之後，我得去洗手間催吐，不對，是上個廁所補個妝。

都說這種場合想要聽到各式各樣的小道消息，去化妝室就對了，不知道為什麼大家都喜歡在化妝室聊八卦。

到化妝室走進廁所，門一落鎖就聽見高跟鞋聲噠噠地走進來，一群人開始聊天。

奇怪這些人聊天的時候都不怕廁所裡有人會聽見嗎？為什麼不檢查一下廁所有沒有人？

「今天有一大堆人可失望了。」

「怎麼了？」

「今天這餐會很多女性是衝著小經理來的，人家蕭謹懷婚姻幸福美滿大家都知道，他們家只剩下蕭謹中單身啊，沒想到小經理今天牽了個從來沒見過的普通女生出現，我都聽見少女們心碎了一地的聲音。」

從來沒見過應該是真的，但我哪裡普通了，好歹也是出得廳堂入得廚房水裡來火裡去真材實料，好了我在計較什麼。

「不過那女生什麼來歷啊？」

「不清楚，沒見過啊。」

「這個我倒是知道，她以前是我們隔壁辦公室一個小助理。」

這聲音我好像有在哪裡聽過？

「妳是誰？」

「我今天陪我男朋友一起來，我是采風室內設計的，這是我的名片，我叫胡莞晴。」

原來是隔壁辦公室小可愛，現在升級了是嗎？

男朋友，難不成張洛勝也來了？

「所以妳認識蕭經理的女友？」

慘了這該不會要講很久吧，我不想在廁所待那麼久。

「我男友以前被她騙過，就仗著自己漂亮喜歡利用男生，可是後來被我男友發現，打了她一頓，她後來就離職了。」

原來這所有的一切都可以輕描淡寫地變成幾句完全和事實不相符的話，我都不知道是張洛勝教的，還是她自己領悟的。

「這麼戲劇化啊？小經理不知道是不是被蒙在鼓裡。」

「如果這樣的話，我要去告訴珊妮，珊妮跟他們家有點淵源，從小就認識了，其實本來他們兩家好像在談婚事……」

女孩們又嘰嘰喳喳地討論了一下之後便陸續離去，化妝室安靜下來，我悄悄地打開門張望，發現沒人之後才敢走出去。

一走出化妝室發現蕭謹中在外面踱步，看見我之後大踏步走過來：「我還以為妳昏倒在裡面，怎麼那麼久？」

「正好聽到外面有人說我壞話，所以不敢出來。」

「有什麼好不敢出來的。」

「我想聽聽看人家說我什麼啊，小經理。」

「我媽堅持要在公司裡掛名字，說什麼有備無患。」

順口提了一下剛剛化妝室聽到的事情，然後小心眼地講了胡莞晴說我壞話，以後見一次打一次。

「對了，聽說你跟珊妮有婚約啊？」講完之後，我故意酸了他一句。

蕭謹中臉色一凜：「沒有這種事，我媽前些時候提起就被我拒絕了，怎麼過了這麼久又傳到妳這裡？」

「不一定人家還在期待呢。」

「那妳需要我證明什麼嗎？」蕭謹中說著說著就把臉靠過來，我趕緊往後退。

「不用了不用。」

「那我們去跟我媽打聲招呼就可以先走了，我還是喜歡跟妳兩個人待在家裡。」

「你小聲點。」是怕人家不知道我們住在一起嗎？傳出去我又慘了。

蕭謹中牽著我手往主桌方向前進，剛好遇見了剛剛在化妝室拚命介紹我的胡莞晴挽著張洛勝的手迎面而來。

這下不打招呼也尷尬，打了招呼更尷尬。

就在我不知道該怎麼反應的時候，蕭謹中停下腳步皺眉看著張洛勝：「不是提醒過你別出現在她附近嗎？」

張洛勝顯然面子掛不住：「咳，我是采風室內設計業務經理，受到蕭董事長邀請過來的，請問您是？」

啊原來張洛勝不知道蕭謹中是誰啊，也是，幾面之緣而已。

「那我該提醒我哥，以後別跟你們合作。」

「啊！你是……」胡莞晴的表情好像剛剛吃下蟑螂一樣。

蕭謹中微笑著拿出名片遞過去：「敝人蕭謹中，希望不要再見了。」

我看著張洛勝五味雜陳的表情，拉拉蕭謹中：「好了。」

蕭謹中看著我：「既然我老婆說話了，我就不計較那些前塵往事，還望你好自為之。」

接著他轉向胡莞晴：「還有妳，希望妳管管自己的嘴巴，別到處造謠生事。」

看著他們兩人張口結舌的模樣，我心裡沒有快感，反而覺得有些愧疚，如果當初能夠更好地處理這些情緒，是不是不會讓彼此最後都落得如此難堪？

蕭謹中跟那位珊妮呢？他們也有應該處理卻沒有處理好的過去嗎？

「蕭謹中……」

「有件事我很早就想提醒妳……」蕭謹中轉過頭看著我：「妳為什麼老是連名帶姓地叫我？」

「呃？我一直以來都這樣叫你啊。」

「現在我身分跟以前不同，難道稱呼不應該改一下嗎？」

我的臉刷地熱起來。「這樣不是很自然嗎？」

「妳不改，我就在這裡親妳。」蕭謹中拉著我的兩隻手，就剛好站在宴會廳的主花前面。

我感受到附近三三兩兩的眼神開始聚焦在我們這裡，以前都不知道他這麼死皮賴臉。

「謹……謹中。」我有點困難地說。

「不是這個。」蕭謹中搖頭，站近了一步。

「這……」我覺得我熱到眼線都暈開了。

「我提示妳一下，可以選親開頭的，或是老開頭的。」蕭謹中低頭在我耳邊低聲地說，這畫面在外人眼裡看起來不知道有多曖昧。

我閉上眼睛一咬牙：「親愛的謹中？」

「好吧，算妳過關了，雖然我比較想聽另外一個，但這個也還滿順耳的。」

不要臉。我在心裡低聲罵。

蕭謹中牽著我的手找到阿姨，阿姨正在跟蕭錦懷講話，見到我們牽著手走過來眉開眼笑：「謹中今天這真是三百年來頭一遭啊。」

「媽怎麼講得我跟妖怪一樣？」

阿姨笑得更開心，對我說：「我們謹中欺負妳的話，妳告訴阿姨，阿姨不會偏袒兒子的。」

「我也不會偏袒弟弟的。」蕭錦懷在旁邊補了一句。

「謝謝，呃……」眼前這幅家庭和樂的畫面讓我有點感動：「他對我很好，真的，謝謝您。」

「我這一生都不會欺負她。」蕭謹中看著我，眼神無比堅定。

蕭錦懷聽完之後說他渾身雞皮疙瘩都起來了，需要趕緊去找他老婆治療。

簡單地告別之後，蕭謹中牽著我手，在寒舍裡亂走：「妳喜歡這裡嗎？婚禮地點要不要考慮這裡？」

「聽不懂。」

「嫁給我好嗎？」蕭謹中認真地看著我。

「不要，我還想多享受一下有男朋友的日子呢。」

「啊?妳說什麼?」

「人家都說男朋友跟老公是完全不同的生物，我還沒想要這麼早結婚，你繼續當我的男朋友吧。」

「妳!」蕭謹中瞪著我：「信不信……」

我撲進蕭謹中的懷裡：「我喜歡你。」

蕭謹中顯然對我此舉毫無準備，他愣在原地好幾秒，才回抱住我，力道有點太緊。

「是我愛你，妳說錯了。」

我傻傻地笑著，聞著他身上的味道，眼淚就不知不覺掉下來，燈光灑在我們身上，好像今夜燈光都只為我們兩人存在。

曾經以為不會遇見的人，原來一直在身邊。

從今以後，在一起。

The End

後記

好久不見。

這一聲好久不見，我花了三年多才走到，非常感謝還一路陪伴著我的編輯跟大家。

這幾年，經過許多事情，也終於重新打開了塵封已久的 word。

最近總覺得時間過得特別快，以前高中的時候，都覺得自己什麼時候才會長大呢？長大好遙遠，但跨過了大學研究所，就覺得一年一年不斷地消失在眼前，快得有些讓人恐慌了。

有些人一直都在，有些人卻從記憶中消失不見，等到再面對的時候，當初那麼刻骨銘心的面孔，竟是連名字也想不起來的陌生。

從以前就喜歡痛進骨子裡的文字，有時候也想著死亡才能成為愛情的永恆經典。

不過自己最近好像有點改變了，大概是生活在愛裡太久，忘記了那些痛楚該從何而來。

這本書的過程耗時很長，不過每一次打開檔案，我都會從頭再看一次，然後改動某些部分，敲敲打打中，最後終究是忍住了想要放棄的衝動，好好地，把這個故事說完。

很久沒寫後記，不知道要怎麼描述此刻的心情，大約是感謝加上感動，還有無數的微笑吧。

希望能很快再見面。

Yumi

All about Love / 31

在愛裡的我們

國家圖書館出版品預行編目資料
在愛裡的我們／Yumi 著.
—初版.—臺北市：春天出版國際, 2017.11
面；公分.—（All about Love ；31）
ISBN 978-986-95558-9-0（平裝）
857.7　　　　　　　　106020052

ISBN 978-986-95558-9-0
Printed in Taiwan

作　者　Yumi
總編輯　莊宜勳
企劃主編　鍾靈
責任編輯　黃郁潔
封面設計　三石設計

出版者　春天出版國際文化有限公司
地　址　台北市信義區信義路四段458號3樓
電　話　02-7718-0898
傳　真　02-7718-2388
E－mail　frank.spring@msa.hinet.net
網　址　http://www.bookspring.com.tw
部落格　http://blog.pixnet.net/bookspring
郵政帳號　19705538
戶　名　春天出版國際文化有限公司
法律顧問　蕭顯忠律師事務所
出版日期　二〇一七年十一月初版
定　價　170元

總經銷　楨德圖書事業有限公司
地　址　新北市新店區寶興路45巷6弄6號5樓
電　話　02-8919-3186
傳　真　02-8914-5524